KB072593

가프 현대 판타지 소설

MODERN FANTASTIC STORY

밥도둑

약선

요리

王 왕

밥도둑 약선요리王 12

가프 현대 판타지 소설

초판 1쇄 찍은 날 § 2019년 12월 6일
초판 1쇄 펴낸 날 § 2019년 12월 13일

지은이 § 가프
펴낸이 § 서경석

총괄팀장 § 노종아
편집책임 § 신나라

펴낸곳 § 도서출판 청어람
등록번호 § 제387-1999-000006호
등록일자 § 1999. 5. 31
어람번호 § 제1-3067호

주소 § 경기도 부천시 부일로 483번길 40 서경B/D 3F (우) 14640
전화 § 032-656-4452 팩스 § 032-656-4453
http://www.chungeoram.com
E-mail § chungeorambook@daum.net

ⓒ 가프, 2019

ISBN 979-11-04-92100-1 04810
ISBN 979-11-04-91945-9 (세트)

※ 파본은 구입하신 서점에서 교환하여 드립니다.
※ 저자와 협의하여 인지를 붙이지 않습니다.
※ 이 책은 도서출판 청어람과 저작자의 계약에 의해 출판된 것이므로,
   무단 전재 및 유포·공유를 금합니다.

가프 현대 판타지 소설

MODERN FANTASTIC STORY

밥도둑

약선

요리

王 왕

12

도서출판 청람

밥도둑
약선
요리
王왕

목차

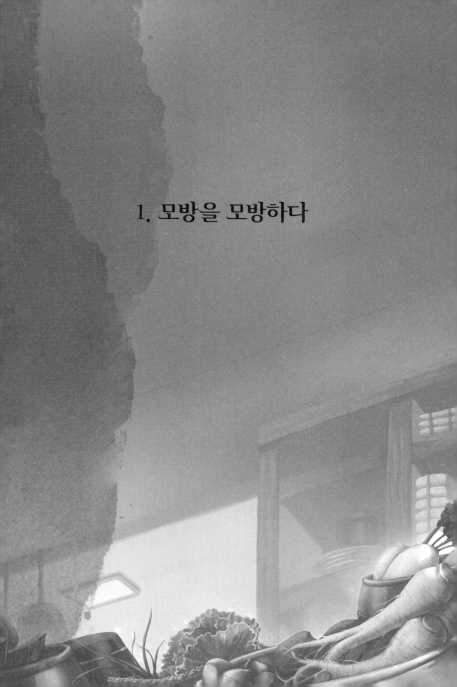

1. 모방을 모방하다

"……?"

뭐라고?

칠향계를 만들어보겠다고?

"……!"

"안 될까요?"

아델슨이 거듭 물었다. 루이스 번하드는 빙그레 선웃음만 짓고 있었다.

"왜 이 요리를 만들고 싶은 거죠?"

"셰프에게 잘 보이고 싶어서요."

아델슨이 웃었다.

"아델슨……."

"그건 농담이고 이 요리에 뻑 갔습니다. 제 레스토랑 한번 보시겠어요?"

그가 동영상을 열어주었다. 그의 뉴욕 레스토랑이 나왔다. 별 두 개의 인증은 구석에 걸려 있었다. 미슐랭에서 준 별이지만 그에게는 그리 중요하지 않았다. 그가 앞세운 건 세계적으로 빅 히트를 치고 있는 요리 30여 가지였다. 파리와 도쿄, 이스탄불과 베이징, 상하이 등지의 인기요리가 전부 거기 있었다.

"제가 세계를 돌며 배워온 요리들입니다. 제 창작은 아니죠. 그러나 원작 셰프들의 허락을 받은 완벽한 복제본입니다. 심지어는 플레이팅부터 그 셰프들이 쓰는 접시와 수저, 포크와 냅킨까지 똑같이 내고 있으니까요."

그가 화면을 밀자 요리 하나하나가 환상처럼 클로즈업되었다.

'아아, 아아…….'

이제 신음 섞인 감탄은 민규의 몫이었다. 난다 긴다 하는 세계의 명품요리들이 줄지어 지나갔다. 보는 것만으로도 안구가 정화되는 요리들이었다.

"이 컬렉션을 위해 세계적으로 유명한 레스토랑 300여 곳을 돌았습니다. 일부 셰프를 제외하고는 제가 재현한 요리의 사용을 허락해 주었습니다."

"왜죠?"

"예?"

"카피 말입니다. 이 정도 실력이라면 당신의 창작을 내도 훌륭할 것 같은데…….

"물론 제 창작도 있습니다. 하지만 세상의 아름다운 요리를 누군가가 한 장소에서 만들어내는 것도 좋은 일이라고 생각했어요. 창작을 하는 요리사는 많지만 다른 사람의 요리를 그대로 만들어 파는 곳은 제 레스토랑밖에 없거든요."

빡!

아델슨의 설명이 민규의 뇌수를 후려쳤다. 아델슨이 민규의 요리를 보고 얻어맞은 그 충격이었다. 어떻게 보면 말도 안 되는 소리. 그러나 이 또한 아름다운 역발상이었다. 미슐랭으로 대표되는 맛집은 많았다. 세계 도처에 널렸다. 그러나 그런 곳을 다 돌려면 시간의 제약을 받는다. 경제적으로도 그랬다. 하지만 아델슨의 레스토랑에 간다면, 적어도 세계적으로 유명한 셰프의 요리 30접시는 맛볼 수 있었다. 그거야말로 실속 있는 맛 기행이 아닌가?

그의 시도는 맞아떨어졌다. 유명한 셰프의 요리를 카피했지만 미슐랭을 시작으로 세계적인 미식가들의 격찬을 받았다. 공개된 차별화 때문이었다. 평범한 셰프라면 남의 것을 슬쩍 베껴낸다. 출처를 밝히지도, 원작자의 허락을 구하지도 않는다. 시비가 일어나면 자기가 먼저였다고 우긴다. 맛 또한 유사한 정도거나 미비함에 그친다.

그러나 아델슨은, 맛도 같았고 원작자의 인증도 받았다. 심지어는 계절별 플레이팅이나 계절별 식재료의 교체 같은 비기를 오픈해 준 셰프도 많았다.

"가장 어려운 요리는 스페인 셰프의 다이어트 머핀이었습니다. 그건 정말 의외의 변수가 있었죠."

'다이어트 머핀?'

민규가 반응을 했다. 이름부터 모순이었다. 머핀은 거의 칼로리 폭탄에 속하는 요리였다. 하나만 먹어도 400칼로리는 가뿐하다. 스페인에 배불리 먹어도 살이 찌지 않는 머핀을 만드는 셰프가 있었다. 아델슨은 천부적인 후각과 미각의 소유자. 그렇기에 맛만 보면 식재료를 알 수 있었다. 요리법도 추론이 가능했다. 그러나 그 요리만은 다섯 번의 시도 끝에도 본질에 다가서지 못했다.

밀가루 대신 쌀가루.
우유 대신 두유.
버터 대신 현미유.
설탕 대신 천연 감미료.

거기까지는 어렵지 않았다. 하지만 완성된 머핀은 매번 미세하게 달랐다.

효모 때문일까?

최고급 와인 효모라도 가져다 쓴 걸까?

궁리를 했지만 결론에 닿지 못했다. 나중에 알고 보니 키포인트는 미생물이었다. 장내에 서식하는 미생물. 스페인의 셰프는 그걸 '플로라'라고 불렀다. 현미경으로 보면 꽃밭처럼 보인다는 설명이었다. 그의 시작은 효모였다. 효모를 생각하니 미생물에 관심을 가지게 되었다. 세균학자들과 교류하면서 장내 미생물 중에 뚱보를 만드는 세균이 있고 날씬한 몸매를 만드는 세균이 있음을 알았다.

뚱보 세균의 이름은 피르미쿠트.

날씬 균은 박테로이데테스.

둘은 장속에서 비만과 날씬한 제국의 쟁패를 겨룬다. 피르미쿠트가 우세하면 포도당의 흡수를 과대 촉진 하여 살이 찌게 만든다. 하지만 박테로이데테스가 우세하면 장에서 탄수화물을 저격한 뒤 분해해 체외로 배출해 버린다. 살이 빠질 수밖에 없는 메커니즘이 형성되는 것이다.

셰프의 스킬은 과학의 힘을 빌렸다. 유산균을 캡슐에 씌워 장까지 도달시키는 기법을 응용해 머핀의 맛은 건드리지 않으면서 날씬 균을 장으로 전송하는 머핀 개발에 성공한 것이다.

아델슨의 처음이자 마지막 실패였다. 박테로이데테스를 머핀에 적용하는 스킬은 특허가 되는 바람에 셰프의 설명만으로 만족해야 했다.

"가능하다면 이 칠향계를 제 레스토랑의 메뉴로 올리고 싶습니다. 물론 셰프의 허락을 받은 후에 말입니다. 그러자면 제가 이 요리를 재현해 내는 게 우선 아닐까요?"

"아델슨……."

"솔직히 말하자면 좀 떨리는군요. 어쩌면 머핀의 셰프를 만날 때보다 더욱 그렇습니다. 하지만 최선을 다해보고 싶습니다."

"……."

"부디 허락을 바랍니다. 이토록 맛있는 닭 요리는 제가 첫 번째 메뉴로 올린 프랑스 최고 셰프의 코코뱅 이후로 처음입니다. 단연코 코코뱅보다도 폭발적인 풍미에 식후 느낌까지 좋고요."

"이런 열정이라니 레시피를 드려야겠군요. 저도 아델슨의 요리가 궁금하기도 하고요."

"레시피는 필요 없습니다."

아델슨이 겸손하게 답했다.

"예?"

"첫 도전은 그냥 해보겠습니다. 혹시 어림없이 틀리거든 그때 부탁합니다."

아델슨이 고개를 조아렸다. 민규도 말릴 수 없는 진지함이었다.

"재희야."

재희를 시켜 궁중칠향계 재료를 한 번 더 가져오게 했다.

"형."

"쉿!"

주방으로 다가온 종규가 입을 열다가 닫아버렸다. 재희도 그랬다. 민규의 궁중칠향계. 아무나 만들 수 있다. 좋은 닭에 재료를 갖춰 넣고 중탕을 하면 된다. 그러나 민규의 요리 같은 맛은 나오지 않는다. 더구나 황금 코팅 포스의 칠향계였다.

그러나 아델슨은 주저하지 않았다. 요리복을 갖춰 입고 손을 씻어 말린 그는 준비된 닭의 육질부터 파악했다. 육질은 질겼다. 묵은 재래닭이기 때문이었다.

묵은 고기.

어떻게 부드럽게 요리할까?

민규는 산앵두나뭇가지를 깔아 간단하게 해결했다. 하지만 미국 셰프가 산앵두나무를 알 리 없었다. 그렇다면 몇 가지 방법이 동원될 수 있었다. 배나 파인애플, 키위 등을 이용할 수도 있었고 알코올 도수가 낮은 와인이나 청주 등을 쓸 수도 있었다.

하지만 그는 첨가물에 미련이 없었다. 그 또한 미식으로 맛을 파악한 까닭이었다. 민규의 요리에서는 잡과일이나 알코올 냄새가 나지 않았던 것.

그의 선택은 손잡이 레버가 달린 압력 냄비였다.

칠향계의 닭은 묵은 암탉. 압력 냄비라면 육질을 부드럽게 만들 수 있었다. 그러니 민규의 칠향계를 재현하는 데 가장 실용적인 방법이었다. 옹기에 익숙하지 않은 미국 셰프에게는 더욱.

그런데…….

그의 선택은 압력 냄비로 끝나지 않았다. 이번에는 커다란 찜솥을 꺼내 가스 불 위에 올리는 게 아닌가?

'중탕…….'

민규 눈에 힘이 들어갔다. 맛만으로 중탕을 감지한 아델슨이었다.

민규의 긴장은 이제 시작이었다. 아델슨이 닭의 배에 재료를 넣을 때도 경악의 끝까지 치달았다. 그가 넣은 약재의 순서는 민규의 그것과 같았고 위치도 같았다. 닭의 배를 열었을 때, 식재료의 위치까지 분석했다는 얘기였다.

그렇다면…….

민규의 눈이 찜솥으로 향했다. 민규가 쓴 물은 초자연수 중에서도 정화수였다.

'과연…….'

그는 찜솥 물을 무엇으로 삼을 것인가? 그의 선택은 생수였다.

'후우!'

살짝 맥이 풀렸다. 동시에 고개도 끄덕거렸다. 제아무리 천

부적인 미각과 후각을 가지고 있다고 해도 민규가 쓰는 초자
연수를 재현할 수는 없는 일.

그런데…….

거기서 아델슨이 또 한 번 민규를 뒤집어놓았다. 냉동실에
서 얼음을 꺼낸 것이다. 그걸 분쇄기에 넣고 갈아냈다. 눈처럼
하얗게 변한 얼음. 거기에 천연 감미료 한 스푼을 더하더니
생수에 합쳐 넣었다.

"……!"

민규는 피가 얼어붙는 것 같았다.

정화수.

하루 중 기온이 가장 낮은 새벽에 길은 물이다. 그 물맛은
눈이 녹은 듯 차고 달았다. 아델슨이 갈아낸 얼음은 눈에 가
까웠다. 한 스푼의 천연 감미료는…….

'맙소사…….'

그가 재현한 건 '거의' 정화수 버전이었다. 요리에서 추론한
물을 그의 방식대로 재현해 낸 것.

그렇다면…….

민규의 상상은 다음 단계로 넘어갔다. 칠향계에는 그 어떤
셰프도 해낼 수 없는 두 가지 재주가 들어 있었다. 하나는 초
자연수, 또 하나는 바로 금박 코팅. 민규 머리에 켜진 멍한 섬
광은 그의 칠향계가 압력 냄비에서 나올 때까지도 꺼지지 않
고 있었다.

딸깍!

압력 냄비가 열렸다. 아델슨은 눈을 감은 채 냄비에서 나오는 향미를 맡았다. 민규의 요리를 감상하던 때와 다르지 않았다. 그는 한참 후에야 눈을 뜨고 다음 요리 과정으로 넘어갈 준비를 했다. 바로 금박 코팅이었다.

'될까?'

종규가 눈빛으로 물었다.

'글쎄.'

민규도 눈빛으로 답했다. 재희는 그저 숨만 죽이고 있었다. 재희와 종규에게는 지금이 가장 중요한 시간이었다. 그들은 늘 실패한 금박 코팅. 아델슨은 과연?

아델슨은 꼬치 꼬챙이를 꺼내 들었다. 그리고 꼬챙이의 강도를 확인하더니 닭을 세로로 꿰었다. 그걸 바비큐 하듯이 걸쳐두고 얇은 금박을 꺼냈다.

대나무 젓가락으로 한 장을 들었다. 살포시 닭 위에 올린 아델슨. 압력 냄비 속에 생긴 육수를 스프레이로 뿌렸다. 틈이 생긴 곳은 작은 금박으로 이어 붙였다. 꼬챙이를 돌려 같은 방법을 쓰니 금박 코팅이 완성되었다. 조금 거칠기는 해도 금박은 금박이었다.

"허어!"

종규 입에서 탄식이 나왔다. 모로 가도 서울을 간 것이다. 마지막은 소스와 장식물들. 소스 역시 양념 통에서 구성을 찾아냈다. 여러 간장 중에서 씨간장을 골랐다. 존경스러웠다. 그는 신중하게 밤알을 골라 들었다. 노란 살을 가진 밤이었다. 미세한 칼로 조각을 했다. 민규의 것과 거의 같은 국화 조각. 꽃잎 숫자까지 똑같았다.

"헐!"

종규는 기절 직전까지 치달았다.

연잎을 깔고 궁중황금칠향계를 올리고 소스를 갖췄다. 장식품으로 생밤 국화꽃 조각을 놓으니 싱크로율 98%의 요리가 나왔다. 고개를 든 그의 이마에 송글 맺힌 땀이 보였다.

"재희야."

민규가 재희 등을 밀었다. 재희가 그에게 수건을 건네주었다.

"땡큐, 베리 머치."

인사를 한 아델슨, 핸드폰을 열어 뭔가를 확인했다. 아까 민규의 요리를 받았을 때 적어둔 내용들이었다. 하나하나 확인을 한 후에야 고개를 끄덕거렸다. 최선을 다했다는 표시였다.

"셰프!"

아델슨이 민규를 불렀다.

"예."

"요리 끝났습니다. 평가를 부탁해도 될까요?"

"기꺼이."

민규가 답했다.

"그럼 아까 그 테이블로 모시겠습니다."

아델슨이 정중히 손짓을 했다.

이제는 반대 입장이 되었다. 민규가 루이스 번하드 앞에 앉았다. 루이스 번하드가 어깨를 으쓱해 보였다. 오랜 기다림에도 그는 흐트러짐이 없었다.

"요리 올리겠습니다. 아델슨표 궁중황금칠향계입니다."

설명과 함께 그가 요리 접시를 내려놓았다. 민규 앞에 놓인 황금칠향계. 아찔한 감미를 모락모락 피워 올렸다.

아델슨의 궁중칠향계.

민규의 맛을 재현해 냈을까?

칠향계를 바라보는 민규는 아찔함을 느꼈다. 그동안 만난 수많은 고수들. 그러나 완전하게 색다른 아델슨. 마치 나보다 더 나처럼 생긴 복제인간을 마주하는 기분이었다.

"부탁합니다."

아델슨이 정중하게 말했다. 요리의 김은 모락, 루이스 번하드의 시선은 반짝.

먹어요.

루이스 번하드도 시선으로 거들었다.

소스 맛을 보았다. 민규의 그것과 같아 거부감이 들지 않았다. 어쩌면 민규가 만든 소스를 슬쩍 부어놓은 것만 같았다. 가만히 보니 접시에 깔아놓은 연꽃의 방향도 같았다.

닭의 배를 열고 다리를 찢어 맛을 보았다. 아델슨은 가슴살부터 먹었지만 민규의 취향은 다리. 맛 평가에서는 문제될 게 없는 취향이었다.

칠향계.

닭 요리의 지존이다. 일체의 다른 요리와 클래스가 달랐다. 몇 가지 안 되는 조합이지만 앞서간 조선의 요리사들은 최적의 조합을 찾아냈다. 인삼 대신 도라지. 이 얼마나 탁월한 선택인가?

도라지 도라지 도라지 심심산천에 백도라지.

황해도 민요에도 나오지만 도라지는 흔했다. 그 흔한 것을 살렸기에 더욱 빛나는 구성. 쭉쭉 결을 따라 찢어진 토실토실한 닭 다리 살을 입에 물었다.

"하아!"

입김이 절로 나왔다. 입을 다물면 코를 차고 나온 맛김이 참을 수 없는 날숨으로 변했다. 예전에 보았던 짝퉁 가수들의 기사가 떠올랐다. 짝퉁이 진퉁 행세를 하고 다닌다. 민중 까고 지문 찍기 전에는 식별이 곤란하다. 지금 아델슨의 칠향계가 그랬다. 황금 코팅을 한 칠향계. 민규를 또 한번 아뜩한 경련의 세계로 몰아넣고 있었다.

"어떻습니까?"

민규가 루이스 번하드의 의향을 물었다. 그 역시 부위 부위의 감상을 끝낸 후였다.

"이 평은 셰프께서 먼저 해야만 할 것 같습니다."

그가 웃었다. 확실히 루이스 번하드는 나서야 할 곳과 물러서야 할 곳을 알고 있었다. 칠향계의 평가 주체는 민규가 되는 게 옳았다.

"아델슨."

마침내 민규가 아델슨을 바라보았다.

"예."

"전체적인 소감은 '기가 막히다'입니다."

"……."

"큰 그림만 본다면 제가 만든 두 번째 칠향계가 나온 기분입니다."

"……."

"그래도 원작자로서 몇 가지 아쉬운 부분은 있습니다. 아델슨의 흠을 잡고자 하는 게 아니니 지적을 이해하시기 바랍니다."

"……."

"우선 금박 코팅입니다. 큰 면 쪽은 무난하지만 다리와 날개 등의 세밀한 부분에서는 거칠게 겹쳐 거부감을 줍니다. 제 자연스러움에 비하면……."

뒷말은 생략하고 다음 말로 넘어갔다.

"다음으로 맛입니다. 제가 쓴 약수는 정화수라는 물인데 본질 파악은 100%였습니다. 정화수는 이른 새벽의 물이라 무겁고 차갑습니다. 묘사를 하자면 눈이 녹은 물처럼 달다는 말이 있는데 그 또한 얼음을 갈아내고 천연 감미료를 살짝 첨가함으로써 빈 곳을 채웠습니다. 가히 존경스러운 분석이었습니다."

"……."

"하지만 새벽의 신성만은 살리지 못했는데 그것까지 살리고 싶다면 얼음을 갈아 넣은 물에 새벽 정기를 쏘여주면 나아질지도 모르겠습니다."

"……."

"마지막으로 닭고기의 질감. 아시는 바대로 이 닭은 양계장의 대량생산이 아니라 자연 방사 된 재래닭입니다. 3개월에서 6개월 사이에 출하되는 게 아니라 2년을 묵은 것이죠. 그 육질을 부드럽게 하기 위해 압력 냄비를 쓰셨는데 탁월한 선택으로 봅니다. 하지만 제 비법은 산앵두나무였습니다. 결과적으로 육질의 부드러움은 거의 근접했지만 산앵두나무의 친화성까지는 아니었고 은은함의 맛도 놓치게 되었습니다."

"……."

"어떻게 생각하십니까?"

민규 시선이 아델슨을 겨누었다. 그는 경련하고 있었다. 그 손에서 팔랑 하고 메모 한 장이 떨어졌다. 루이스 번하드가 그걸 주웠다. 메모를 먼저 읽은 그의 시선도 아델슨의 손처럼 경련을 했다. 그가 민규에게 메모를 건네주었다. 이번에는 민규까지 경련에 감염이 되었다.

'이거……'

민규 눈동자가 출렁거렸다.

1) 육질 연화─나무? 압력솥?

2) 물─약수? 광천수? 미네랄수?

3) 금박─굴곡 부위?

아델슨이 적은 메모들… 그는 헐렁한 곳을 정확하게 직시하고 있었다. 파악하고 있지만 민규의 비법이기에 따라가지 못한 것. 2), 3)번은 몰라도 1)은 산앵두나무 가지를 보았다면 스스로 해결했을 아델슨이었다.

클래스 인정.

민규가 고개를 끄덕거렸다.

"육질 연화용 산앵두나무와 옹기, 전용 약수를 드리겠습니다. 한 번 더 해보겠습니까?"

"기꺼이."

아델슨의 표정이 환하게 퍼졌다. 그는 선천적으로 도전을 즐기는 셰프였다.

그의 요리가 다시 시작되었다. 처음처럼 신중했지만 손길은 더 자연스러워졌다. 산앵두나무와 정화수를 받아 든 그는 자신의 방법으로 본질을 찾아냈다. 나뭇가지 향을 맡고 씹어도 보고 정화수 역시 냄새에 이어 맛을 보며 탄복에 탄복을 거듭했다. 민규가 준 해법을 자신의 온몸으로 체득하는 것. 그러면서도 비법 탐구자처럼 진지하고 행복한 얼굴이었다.

보기에 좋았다. 그 자신, 막강한 클래스의 실력을 갖추고 있으면서도 남의 권유를 아이처럼 해맑게 흡수하는 인성. 민규조차도 배워야 할 덕목이었다.

그러나 그는 여전히 흐트러지지 않았다. 식재료를 닭의 배에 넣을 때도 그랬지만 옹기 뚜껑에 한지를 덮을 때는 진리 탐구의 끝판왕처럼 보였다.

딸깍!

불을 당기자 이제는 금박으로 넘어갔다. 이것만은 민규가 노하우를 주지 못했다. 이윤의 필살기 중첩포막법은 알려준다고 되는 일이 아니기 때문이었다. 그러나 그는 결코 포기하지 않았다. 종이에 닭의 해부도를 그리더니 어깨와 다리 등의 굴곡 부위에 대한 각도를 계산해 냈다. 그런 다음 금박을 꺼내 조심조심 오려냈다. 이마에는 굵은 땀이 맺혔다. 어쩐지 기대가 되는 장면이었다.

쩜이 나왔다.

타이머 따위는 쓰지 않았으니 올라오는 김으로 요리의 끝을 알았다. 옹기 뚜껑을 제거하자 풍후한 김이 밀려 나왔다.

손으로 살며시 바람을 일으키며 맛을 확인하는 아델슨. 진리를 깨달은 듯 맑은 표정이 되었다. 민규의 정화수, 그를 애태우던 빈 곳이 차게 된 것이다.

그러나 금박.

민규의 관심은 거기 있었다. 재희와 종규도 시선을 떼지 않았다. 아델슨은 아까와 다른 방법을 취했다. 이번에는 굴곡 부위부터였다. 작은 조각들로 굴곡을 처리하더니 넓은 부위 도포에 들어갔다. 육수 스프레이를 뿌리니 금박들이 깔끔하게 들러붙었다.

"……!"

지켜보던 종규 눈에 파란이 일었다.

다시 밤국화를 깎아낸 아델슨, 군말도 없이 요리 세팅을 맞췄다.

"부탁합니다."

다시 시식 시간이었다.

"……."

이제는 민규 눈도 출렁거렸다. 금박 코팅. 아까보다 백배는 나았다. 굴곡 부위의 자연스러움이야 민규의 중첩포막법에 이르지는 못하지만 자세히 보지 않는 한 크게 흠이 되지 않았다. 맛도 육질도 그랬다. 현미경을 들이대지 않는다면 이 싱크로율은 99%에 달했다.

"아델슨."

민규가 고개를 들었다.

"……."

"셰프에게 칠향계 사용을 수락합니다."

"……?"

긴장하던 아델슨이 발딱 고개를 들었다.

"셰프."

"제 생각은 그렇습니다만 루이스 생각은 어떻습니까?"

민규가 루이스 번하드를 바라보았다.

"제가 말할 성격의 일은 아니지만 그렇게 된다면 셰프를 찾아오기 힘든 때는 아델슨에게 가서 이 요리를 먹겠습니다."

찬성.

그의 탁월한 미식도 공감을 표해왔다.

"고맙습니다. 더 노력해서 셰프의 칠향계에 먹칠을 하지 않는 요리를 만들겠습니다."

아델슨이 공손히 허리를 숙였다. 민규도 일어나 같은 자세로 인사를 받았다.

짝짝짝!

두 거물이 동시에 마음을 열자 루이스 번하드의 박수가 나왔다. 먼발치의 종규와 재희도 마찬가지였다.

"스페인에 이어 두 번째 실패로 생각했습니다."

감격이 가라앉자 아델슨이 솔직한 소감을 밝혔다.

"사실상의 실패로 봐야겠지."

루이스 번하드가 웃었다.

"맞습니다. 셰프께서 전용 약수를 내주지 않았다면 그랬을 것 같습니다."

아델슨이 민규를 바라보았다.

"아닙니다. 저는 사실 제 약수의 분석이 정확할 때부터 아델슨 셰프의 팬이 되고 있었습니다."

민규의 응수 역시 허심탄회했다.

"정말입니까?"

"그럼요. 제 물을 그렇게까지 분석해 낸 사람은 처음이거든요."

"운이 좋았죠. 필사적이었거든요."

"물은 한 통 따로 드리겠습니다. 이 물의 효력은 보통 하루 정도. 길어야 하루 반이니 천천히 분석해 보시기 바랍니다. 원리와 내력은 아까 말씀을 드렸고……."

"안 그래도 요청드릴 생각이었습니다만 미리 배려해 주시니 고맙습니다."

"셰프의 레스토랑이 정말 궁금해지는군요. 이런 열정과 노력으로 이룬 맛의 성전은 어떤 곳일지……."

"언제든 오기만 하십시오. 제가 문 닫아걸고 셰프만을 위한 요리를 올리겠습니다. 좋은 사람을 위한 요리 시간은 늘 행복하니까요."

"말만 들어도 마구 행복해지네요."

"그럼 그날을 기약하며 제가 제 요리 한 접시 올려도 되겠습니까? 물론 죄송하게도 재료는 셰프님의 것을 좀 쓰겠습니다."

"영광입니다."

민규는 기꺼이 그 청을 받았다.

아델슨이 다시 주방에 섰다. 모자를 고쳐 쓰고 스카프도 바로잡았다. 식재료 창고로 들어간 그가 나왔을 때 손에는 닭과 와인이 들려 있었다.

―닭, 와인 두 병, 감자, 당근, 양파, 양송이버섯, 버터, 밀가루, 올리브유.

"닭?"

주목하던 종규가 민규를 바라보았다.

"내 닭을 보았으니 그의 닭을 보여주려는 게지."

민규가 웃었다. 그의 요리를 알 것 같았다. 프랑스의 국민 닭 요리 코코뱅이었다.

자자작!

큰 냄비에 두른 올리브유, 거기 닭을 넣고 표면을 노릇하게 구워내는 아델슨. 코코뱅의 닭은 닭볶음탕처럼 토막을 내도 좋고 통째로 써도 좋다. 아델슨은 칠향계에 맞춰 통째로였다. 뒤를 이어 준비한 채소를 투입하고 같은 방식으로 볶았다. 그다음에 닭까지 넣고 꼴꼴꼴, 향기로운 와인 두 병을 몽땅 투하.

보글보글.

코코뱅이 끓기 시작했다. 와인이 두 병이나 들어간 요리가 끓는 소리는 초자연수의 그것과 또 달랐다. 칠향계용 묵은닭이 들어갔으니 익으려면 적어도 한 시간. 손을 털고 쉴 줄 알았던 아델슨. 이번에는 석류를 집어 들었다.

'설마?'

민규의 시선이 집중되었다. 그가 시도하는 건 석류젤리였다. 그게 마음을 홀린 모양이었다. 그러나 석류젤리에 넣은 석류는 우레타공을 써서 속씨를 발랐던 작품. 그 또한 아델슨이 그대로 카피할 수 있는 요리가 아니었다.

이 사람…….

대체 어쩌려고?

긴장하는 순간 아델슨이 석류 알을 집었다. 반대편 손에 들린 건 작고 날카로운 송곳칼이었다. 석류 알을 뚫어지게 바라본 아델슨, 송곳칼을 넣더니 순식간에 한 바퀴를 돌렸다. 그러자 속씨가 톡 딸려 나왔다.

"……!"

접시에 떨어진 속씨는 과육이 거의 붙어 있지 않았다. 전광석화 같은 스피드로 겉모양을 유지하면서 속씨를 바르는 신기였다. 열 개, 스무 개… 씨를 바른 과육이 늘어났다. 물론 중간에 실패도 많았다. 하지만 중요한 건 성공한 과육들이 민규의 우레타공 신기에 근접하고 있다는 사실이었다.

이가 없으면 잇몸.

그의 우직함이 민규를 또 한번 감동시켰다. 어렵다고 포기하는 게 아니라 어떻게든 자신의 방식으로 따라가는 것이다. 석류젤리는 그렇게 완성이 되었다. 산마늘잎을 더한 세팅쯤은 그에게 곤란이 되지 않았다.

끝!

소리와 냄새로 민규가 가늠한 그 시각, 아델슨 역시 움직이기 시작했다. 버터와 함께 채에 내린 고운 밀가루가 투입되었다. 간은 소금과 후추로 맞췄다. 붉나무 소금이 있지만 그의 선택은 레몬소금이었다. 그의 요리이니 그가 가져온 것으로 그의 방식을 고수하는 아델슨.

"아시겠지만 프랑스의 대표 닭 요리 코코뱅입니다."

아델슨의 요리가 테이블에 올라왔다. 와인 향을 입은 닭의 존엄. 그 또한 절정이었다. 색색의 채소가 어우러진 색감도 보는 사람을 기대하게 만들었다.

"셰프에게 맞짱을 뜨려는 건 절대 아니고요, 이게 제 가게 주력요리의 하나거든요. 마침 아까 쓴 닭이 묵은닭이라 요리의 성격과 딱 맞았지요. 물론, 코코뱅은 수탉이라면 더 좋았을 요리지만요."

아델슨의 설명을 들으며 닭고기를 맛보았다.

와인!

프랑스요리에서는 절대 빠질 수 없는 식재료. 그러나 와인 역시 그저 들이붓고 오래 끓인다고 명요리가 되는 건 아니었다. 약선으로 치면 군신좌사의 '군'에 해당하는 중심 식재료에 알맞은 와인의 선택, 조리 시간과 양념이 잘 어우러져야만 제맛이 나는 것이다.

거기에 더해진 그의 비법 레몬소금. 미량을 넣었지만 전체적인 풍미를 두 배쯤 올려놓는 효과를 냈다.

"그리고… 보셨겠지만 이 후식… 부끄럽게도 색감과 맛에 반해 흉내 내보았습니다."

접시가 비어갈 때쯤 석류젤리가 나왔다.

"……!"

루이스 번하드가 움찔 반응을 했다. 민규의 요리가 다시 나온 줄 알았던 것이다.

"굉장하네요. 맛과 모양이 완전 똑같습니다."

민규가 엄지를 세웠다. 생석류 과육까지 따라 한 아델슨. 굳이 흠을 잡을 필요도 없었다.

"괜찮으시다면 이 작품도 제 레스토랑에서 쓸 수 있도록 허락해 주시기 바랍니다. 물론 셰프님의 작품임은 당연히 표기하겠습니다."

"영광입니다."

민규가 한마디로 답했다.

"실수는 없었습니까?"

"실수……."

"아니면 셰프님의 방식과 다른 점이라도……."

"굳이 말하자면 한 가지가 다르지만 그건 그냥 아델슨의 방식대로 가도 문제가 없을 것 같습니다."

"알려주시죠. 따라 할 수 없더라도 알고 하는 것과 모르고 하는 것은 아주 다른 일로 생각합니다."

"그게……."

"부탁합니다."

아델슨이 다시 고개를 숙였다. 별수 없이 자리를 털고 일어섰다.

우레타공.

맹세코 과시하기 위한 것은 아니었다. 석류 하나를 집어 든 민규, 석류의 앞뒤를 칼등으로 치며 울림을 냈다. 그런 다음 석류 알의 씨방 부위 쪽으로 간결한 울림을 주었다.

"보시죠."

우레타공을 마친 민규가 석류를 아델슨에게 넘겨주었다. 매혹의 석류 알들이 알알이 드러났다.

"……!"

그걸 본 아델슨이 그대로 넘어갔다. 접시에 쏟아놓은 석류 알. 과육과 속씨가 완벽하게 분리되어 있었다. 어느 알 하나 상하지 않은 감쪽같은 솜씨. 기절하지 않고는 배길 수 없는 장관이었다.

―상지수 코팅법.

—우레타공.

—진미승화법.

민규의 시범은 절정으로 치달았다. 그 옆의 아델슨은 눈동자조차 깜빡이지 않았다. 그러나 아델슨의 내공은 깊었다. 세 전생이 준 절정의 비기에 존경을 표하되 탐내지는 않았다.

그의 관심은 오히려 약선의 원리 쪽이었다.

신맛이 지나치면 비장을 상하게 하고.

짠맛이 지나치면 심장을 상하게 하고.

단맛이 지나치면 신장이 상하고.

쓴맛이 지나치면 폐장을 상하고.

매운맛이 지나치면 간장이 상한다.

아델슨은 민규의 말을 스펀지처럼 빨아들였다. 맛을 요리하는 데는 익숙하지만 그 맛이 영향을 미치는 오장육부에 대한 이론은 익숙지 않은 까닭이었다. 그러나 그 자신이 몸소 체험한 오늘, 루이스 번하드까지 인정하는 일을 받아들이지 않을 수 없었다.

그렇다고 세 전생의 약선 원리를 다 알려주지는 않았다. 아델슨이 이해할 수 있는 곳까지만 보여주었으니 그를 위한 배려였다.

이번에는 아델슨이 서양요리에 대한 견해를 설명했다. 서양 요리는 육류 중심의 테이블. 다양한 육류에 대한 요리법과 특징들, 그 육류에 사용되는 온갖 향신료에 대한 경험담도 나왔다.

다음이 술이었다. 서양요리는 조리에 술이 이용된다. 조리 전에 쓰기도 하고 조리와 함께 사용하기도 한다. 식사 때 술이 나간다면 조리에 쓴 술을 내는 것을 원칙으로 삼는다. 즉, 요리에 와인을 썼다면 같은 와인을 내는 식이었다.

마지막 특징은 역시 디저트였다. 요리 과정에서 당분을 잘 쓰지 않으므로 식후에 디저트로 섭취하는 것이다.

그는 즉석에서 무화과와 베리, 치즈를 이용한 디저트를 만들어냈다.

"와따, 달달한 게 그냥 녹네, 녹아."

황 할머니는 몸서리칠 정도로 좋아했다. 민규 역시 행복한 기운이 팍팍 솟았다.

"단맛이 지나치면 신장이 상한다고 했지요? 그러니 너무 많이 드시지는 마십시오."

아델슨, 배운 걸 바로 적용하는 순발력까지 있었다.

아쉬운 작별의 시간이 왔다. 아델슨은 민규를 꼭 잡고 놓지 않았다.

"떠나는 게 아쉽기는 오랜만이군요."

그가 말했다.

"저도 그렇습니다."

민규가 답했다.

"흐음, 이거 왕따당하는 기분인데요?"

보고 있던 루이스 번하드가 질투를 날렸다. 물론 조크라는 것은 민규도 아델슨도 알고 있었다. 좋은 사람과 헤어지는 건 행복한 일이다. 다음에 또 만날 수 있으니까. 그렇게 생각하고 가뜬하게 작별을 했다.

"또 봐요, 셰프."

루이스 번하드 역시 쿨하게 떠나갔다.

"이 셰프!"

아쉬움을 내려놓고 마당을 정리할 때 차만술이 내려왔다.

"사장님."

민규가 반색을 했다. 멀지 않은 거리에 있지만 자주 보지 못했다. 차만술의 가게도 이제 본궤도에 올랐고 민규 역시 바쁜 까닭이었다. 그래도 이렇게 먼저 들러주니 그저 고마울 뿐이었다.

"손님은?"

"마지막 손님을 보냈습니다."

"그럼 가볍게 한잔? 내가 새로 만든 약주 좀 담아 왔는데 평가도 좀 받을 겸."

차만술이 민속주를 보여주었다. 묵직하면서도 달큰한 향이 민규 후각을 유혹했다.

"그럴까요?"

민규가 야외 테이블을 정리했다. 차만술은 민속전도 내려놓았다. 이제는 민규를 끔찍이도 챙기는 그였다.

"할머니는 가셨지?"

"예."

"재희도?"

"예, 조금 전에 보냈습니다."

"그럼 종규도 같이?"

"그러시죠. 종규야, 잔 가지고 합류해라."

민규가 안에 대고 소리쳤다.

꼴꼴꼴!

새 민속주가 따라졌다. 걸쭉한 농도부터 달달한 뒷맛까지 입에 착착 붙었다.

"어때?"

차만술이 물었다.

"좋은데요? 걸쭉하니 목 넘김도 부드럽고 쌉쌀한 첫맛에 달달한 뒷맛… 쌉쌀한 건 헛개나무 같고… 상큼한 맛의 주인공은 말린 산사와 왕버찌?"

"아이쿠야, 역시 귀신이라 산사 말린 것까지 집어내네. 그건 못 맞출 줄 알았더니……."

"배합이 기막힌데요?"

"진짜?"

"예, 저번 작품보다 더 나은 거 같습니다."

"좋았어. 그럼 우리 집 새 메뉴 족보에 올려도 될 것 같군."

차만술의 입이 귀까지 올라갔다.

"요즘 손님 많이 늘었죠?"

"뭐 조금… 그나저나 어디 다녀왔지?"

"어, 어떻게 아셨어요?"

"내가 왜 몰라? 손님 몇몇이 올라와서 그러더라고. 이 셰프 네 초빛이 문 열지 않은 것 같다고. 이 셰프가 맥없이 문 안 열 사람 아니잖아?"

"하핫, 속일 수도 없군요. 실은 가까운 러시아에 잠깐 다녀왔습니다."

"요리 출장?"

"예……."

"으아, 역시 이 셰프… 그냥 세계적으로 노는구나?"

"그건 아니고요, 그쪽 분이 사업가라서 바쁜 관계로……."

"됐어. 내 앞에서는 겸손하지 않아도 돼. 내 스승님이신데……."

"별말씀을……."

"전은 어때? 은행과 구기자전, 이렇게 배합하면 장수할 수 있다고 해서 만들었는데… 화살나무 들기름전은 깔끔해서 추가했고."

"환상이네요. 은행과 구기자전은 색감이 화려해 여자 손님

들이 더 좋아할 것 같고 화살나무전은 들기름과 찰떡 매칭인
데요."

"실은 이 셰프 반찬에서 벤치마킹한 거야. 로열티 필요하면
말만 하라고."

"그럼 한 5억 청구할까요?"

"해. 내가 다 갚아줄 테니까. 이 셰프가 아니면 이렇게 즐겁
게 요리할 수 있겠어?"

"아무튼 요즘 차 사장님 보기가 너무 좋아요."

"그래서 말이야, 나 내친김에 돌아오는 식치방 약선요리 대
회 한번 나가볼까 하는데?"

"정말요?"

"솔직히 전에는 그놈의 얄팍한 체면 앞세워서 꽁무니 뺐는
데 요리에 나이가 어디 있고 경력이 무슨 소용? 자기 발전의
계기가 있다면 당연히 부딪쳐 봐야지."

"나가시면 좋은 결과를 얻으실 겁니다."

"알았어. 내가 진짜 진지하게 생각해 봐야겠군. 나 그만 올
라가네."

차만술이 일어섰다.

"우리도 그만 자야지?"

민규가 종규를 바라보았다.

"먼저 자. 나 마무리 좀 하고 잘게."

"뭐가 남았냐?"

"차도 좀 정리해야 하고 식재료 칸도 정리가 덜 끝났어."

"그럼 같이 정리하자."

"됐거든요. 사장님은 들어가셔서 쉬십시오."

종규가 민규 등을 밀었다. 별수 없이 먼저 침대에 올라가는 민규였다.

*　　　*　　　*

해, 달, 구름, 산, 물, 돌, 학, 사슴, 거북이, 영지, 소나무, 대나무……:

이번 손님은 특이하게도 십장생이 그려진 병풍을 메고 왔다. 그걸 내실 뒤에 치고 그 앞에 앉았다. 안광은 민규를 뚫어 버릴 것처럼 맹렬했다.

"십장생 이상으로 죽지 않는 요리를 만들어라."

추상같은 오더가 나왔다. 불사요리를 주문한 것이다. 병풍에 그려진 십장생은 열두 가지였다.

"왜 열둘입니까?"

민규가 물었다.

"그린 놈 마음이다."

그가 답했다. 십장생이 열두 가지인 것은 사람에 따라 주장이 다른 까닭. 이들의 공통점은 장수라는 키워드를 갖고 있었다.

불사의 요리.

민규 혼자 하던 상상을 주문으로 날린 이 남자. 극강의 안광 때문에 바로 보는 도 힘들었다.

'십장생……'

그게 힌트일까? 그러나 병풍 안의 십장생들은 팩트만 보면 그리 오래 사는 것들이 아니었다. 간단한 예로 사슴은 끽해야 30년이다. 대나무 또한 60여 년을 산다고 보는 게 일반적이었다. 거기에 영지버섯, 실제 생장은 고작 두어 달 남짓이다. 포자를 만들어 번식하고 나면 목숨을 다하기 때문이었다.

장수의 측면이라면 거북이와 소나무가 꼽혔다. 거북이는 200년을 살 수 있고 소나무는 500년까지도 가능하다.

그렇다면 십장생을 다 집어넣고 요리를 하면 어떨까? 해와 달은 빛을 받으면 되었고 다른 재료들은 구하기 어렵지 않았다.

십장생.

그 이름 안에 어떤 비기가 있을 것 같았다. 그들이 가진 의미 때문이었다. 소나무와 대나무는 상록수였다. 영생과 불변을 뜻한다. 나아가 사슴은 상상 속의 동물인 기린과 닮았으며 신선의 애완동물이라는 설도 나온다. 그 뿔은 용의 머리에도 올라가 있다.

영지도 의미만 보면 매우 심장하다. 한방에서는 젊어지는 영약으로 불리며 일본에서는 만년버섯으로 불리는 신통방통

한 버섯…….

생각이 용으로 옮겨 갔다. 용은 상상의 동물이다. 그러나 용은 그 상상을 여러 동물에게 옮겨놓았다. 사슴의 뿔이 그랬고 낙타의 머리가 그랬으며 토끼의 눈, 소의 귀, 뱀의 목, 잉어의 비늘, 매의 발톱이 용의 흔적이었다. 그렇다면 그것들을 다 취하면 용을 조합할 수 있을까?

상상이 과학 쪽으로 방향을 틀었다. 약선요리 역시 과학과 따로 놀지 않는다. 오장의 조화를 정기나 진기 등으로 설명하지만 기타의 기능들은 과학과 부합했다.

─텔로미어.

민규 뇌리에 과학 식재료(?)가 떠올랐다. 서양요리를 공부하다가 만난 단어였다. 일본 분자요리의 달인 치아키. 그녀가 관심을 가졌을 분자생물학. 그들의 주장으로 들어가면 이 단어가 나온다.

텔로미어.

노화의 메커니즘을 맡고 있는 유전자 이론…….

인간의 세포는 평생 50~100번 분열한다. 텔로미어는 염색체의 양쪽 끝에서 염색체를 보호하는 뚜껑 역할을 한다. 세포가 분열할 때마다 조금씩 닳아 없어진다. 그러다 일정 길이 이상 짧아지면 세포분열이 정지되고 노화가 시작된다.

불로의 꿈을 무너뜨리는 신호탄이 되는 것이다. 하지만 방법이 있었다. 이 텔로미어가 닳아서 짧아졌다고 해도 텔로머라아제라는 효소가 분비되면 텔로미어의 길이를 원래대로 회복시킨다. 세포는 애당초 텔로머라아제를 생산하는 유전자를 지니고 있다. 그러나 보통의 성장한 세포에서는 텔로머라아제가 멸종되어 버린다. 단, 암세포에서는 이 유전자가 재발현하고 있었다.

그렇다면 텔로머라아제의 재생이나 합성은 가능한 걸까? 예외적인 사람은 없는 걸까?

이야기 속으로 들어가면 불가능할 것도 없었다. 동방삭이 그 증인이었다. 그는 한무제의 복숭아를 쓱싹하고 3천 년을 살았다. 어쩌면 그 복숭아 속에 영원히 발현하는 텔로머라아제 성분이 들었을지도 몰랐다.

한무제의 복숭아.

그걸 생각하니 다른 재료들도 줄을 지었다.

육영지 태세(太歲).

진시황의 불로괴(不老塊).

다 무궁한 목숨을 위한 약재와 식재료들이었다.

여기까지 오니 가장 가까운 답이 보였다.

육천기와 추로수.

그 초자연수들 또한 장수하는 약수에 속했다.

"그 요리들이 네 머리에 들었느냐?"

손님의 호통이 오감을 흔들었다.

"그것은 아니나 너무 난해한 요리라……."

"모든 어려운 일은 다 난해한 법. 그런 주제에 약선요리왕이라 자부하다니."

손님이 테이블을 후려쳤다. 그러자 믿기지 않게도 병풍의 물과 돌, 대나무 등이 민규를 향해 쏟아져 나왔다.

"억?"

신음을 지르며 눈을 떴다. 침대 위였다.

'꿈이었나?'

가만히 돌아보니 종규가 보이지 않았다. 시간은 새벽 4시가 되기 전. 아직 일어날 시간이 아닌데 화장실이라도 간 걸까? 그러나 화장실에도 불빛은 없었다.

'짜식이 어딜 간 거야?'

일어나 불을 켜려는 순간, 요리 냄새가 문을 타고 들어왔다.

"……!"

주방을 내다본 민규, 그대로 숨이 멈추고 말았다. 종규였다. 종규는 뭔가에 몰입해 정신이 없어 보였다. 그 앞을 보니 닭이 몇 마리 쌓여 있다. 척 봐도 금빛이다.

'아.'

민규 입에서 신음이 나왔다. 종규, 밤새워 금박 코팅법을 연습하는 모양이었다. 민규의 퍼펙트한 금박 코팅은 감히 엄두를 내지 못하던 종규. 잠잠해진 그 의지를 끌어낸 건 아델슨이었다. 해부학과 굴곡을 이용한 코팅법을 보더니 영감이 온 모양이었다. 그건 해볼 만했던 것이다.

민규가 뒤쪽으로 돌아섰다. 종규가 이토록 경건하게 보이긴 처음이었다. 하긴 자신의 일에 몰입하는 사람치고 아름답지 않은 경우가 어디 있을까?

종규…….

많이 컸구나.

그냥 철없던 내 동생이 아니구나.

홀 쪽으로 나와 정화수와 열탕, 장수를 소환했다. 그 아래 메모 한 장을 올렸다.

[먹고 해라. 피로가 풀릴 거야.]

소리 없이 놓고 마당으로 나왔다.

부릉!

새 차라 시동 소리가 크지 않았다. 조용히 도로에 올라섰다. 새벽 시장쯤이야 혼자 봐도 상관이 없었다. 신호등을 지나서야 민규가 초빛을 돌아보았다. 주방 쪽을 밝히고 있는 불빛이 못 견디게 자랑스러웠다.

그래.

너는 할 수 있을 거야.

나는 네 나이에 그 정도가 아니었거든.

불사의 요리.

그건 꿈속의 일이었지만 불사의 의지는 종규에게 남기를 바랐다.

그로부터 두 시간 후.

열한 번째 닭에 금박 코팅을 올리던 종규의 손이 파르르 떨었다. 굴곡에서 실패하기만 여섯 번. 결국 식재료 창고의 닭을 다 써버린 종규였다. 하지만 닭 따위는 문제가 아니었다. 민규가 준 돈도 넉넉했다.

"……"

종규의 손과 호흡, 시선이 닭의 다리에서 멈췄다. 금박의 라인. 아델슨의 그것과 비슷하게 나왔다. 마침내 그럴듯한 금박을 씌운 것이다. 육수 스프레이를 뿌렸다. 금박은 닭 표면에 고정되었다.

'후아!'

참았던 날숨을 쉬는 종규. 그제야 창밖이 환해진 걸 알았다.

'억!'

시간에 놀란 종규가 방으로 뛰어갔다. 가다가 테이블의 물컵과 메모를 보았다.

'형……'

가슴이 시큰해 왔다. 민규 혼자 장을 보러 간 것이다. 전화를 걸었지만 민규는 받지 않았다. 핸드폰을 꺼버린 까닭이었다.

'형……'

물컵을 잡고 속으로 그 이름을 불러보았다. 초자연수 때문인지 가슴이 포근해 왔다. 물을 마신 종규, 마지막 작품을 찍어 민규에게 보냈다. 그리고 마당을 쓸기 시작했다. 초자연수와 뭔가를 해냈다는 뿌듯함이 겹쳐 하나도 피곤하지 않았다.

민규는 장을 본 다음에야 핸드폰을 켰다. 종규의 문자가 보였다. 사진도 딸려 있었다.

[닭 많이 써서 미안해. 내가 물어낼게.]

사진 아래 딸린 문자였다. 세 각도로 찍어낸 황금 코팅은 제법 그럴듯해 보였다. 그렇게 스스로 한계를 넘어가는 종규였다.

"빙고!"

민규가 주먹을 불끈 쥐었다. 아침 해가 심장에 들어온 듯 민규 가슴도 뜨끈 달아올랐다.

"어땠어?"

종규, 민규가 장 봐 온 식재료를 다 챙긴 후에야 민규에게 물었다.

"요리는 어디 있는데?"

민규가 고개를 들었다.

"주방에……."

"그걸로 아침 먹자."

"에? 아침부터 닭?"

"아니면? 내 동생이 한 건데?"

민규가 종규를 바라보았다. 종규의 가슴이 출렁 흔들렸다.

"……"

민규는 황금 코팅 닭을 유심히 보았다. 날개와 다리 부분을 특히 주시했다. 아델슨에는 미치지 못했다. 하지만 전에 시도했던 것에 비하면 장족의 발전이었다.

"제법인데?"

민규가 웃었다. 동생이라고 해서 봐주는 법이 없는 민규. 합격점에 들었다는 선언이었다.

"정말?"

"그래. 겹치는 부위와 안쪽만 개선하면 어디 내놓아도 꿀리지 않겠다."

"아싸!"

주먹 쥔 종규가 부르르 떨었다.

닭은 그냥 먹었다. 곰탕을 끓일 수도, 육개장을 끓일 수도 있었지만 밤새 집중했을 걸 생각하니 건드릴 수 없었다.

"오른 다리는 네가."

다리 하나를 뜯어 종규에게 주었다.

"옹? 그걸 어떻게 알아?"

"뭘 어떻게 알아? 더 많이 움직여서 조금 더 토실하잖아?"

"쳇, 좌우가 대칭 아니야?"

"아니거든. 제대로 봐라."

민규가 또 다른 하나를 종규 것 옆에 놓았다. 대충 보면 같은 것 같지만 조금 달랐다. 대칭으로 보이지만 완벽한 대칭은 아닌 것이다.

"아, 형은 진짜 별걸 다 안다니까……."

머쓱해진 종규가 볼멘소리를 냈다. 그때 재희 목소리가 들렸다.

"셰프님."

그녀는 허겁지겁이었다. 어디서부터 뛰어온 건지 이마에는 땀이 송글거렸다.

"어머!"

야외 테이블, 형제가 오순도순 뜯어 먹고 있는 닭을 보더니 여린 눈에 지진이 일었다.

"왜?"

민규가 먹던 닭 다리를 내려놓았다.

"어, 너 설마?"

뭔가를 간파한 종규가 벌떡 일어섰다.

"오빠도?"

재희의 미간이 와장창 구겨졌다. 그녀의 손에는 작은 들통이 들려 있었다. 닭 냄새가 났다. 뭔지 알 것 같았다.

"……!"

재희가 들통을 열자 민규 시선이 굳어버렸다. 황금 코팅의 닭이었다.

'얘들 진짜…….'

말이 나오지 않았다. 재희의 밤도 종규의 밤과 같았던 것이다.

"야, 강재희. 너 왜 나 따라 하는데?"

종규가 버럭 소리쳤다.

"그러는 오빠는? 내가 이럴 줄 알았다니까."

"아, 진짜… 열받네."

"흥, 그래도 내게 더 낫네."

"뭐야?"

"날개만 봐도 알지. 나는 겹치는 부분이 부드럽지만 오빠는 조금 투박하고 거칠잖아? 여기는 금박이 이중으로 접혔고."

"야, 대신 나는 다리가 퍼펙트했거든."

"쳇, 다 먹은 다리를 알 게 뭐람."

"누가 늦게 오래?"

"셰프님, 말해주세요. 누가 더 잘했어요?"

재희가 민규를 재촉했다.

"어, 그게…….''

"내가 더 잘했죠? 저 이거 새벽 다섯 시까지 연습해서 겨우 완성한 거라고요. 버린 닭만 아홉 마리예요."

"나도 다섯 시까지 했거든?"

"오빠가 잘도 그랬겠다."

"우워어, 내가 미쳐."

재희와 종규, 막강 신경전이 펼쳐졌다. 평소에는 쿨한 사이지만 요리에 있어서는 절대 양보가 없었다.

"오케이, 내가 판정한다."

민규가 일어섰다. 그제야 재희와 종규가 입을 다물고 민규를 바라보았다.

"강재희, 이종규."

"예, 셰프."

둘은 긴장의 끈을 바짝 당겼다.

"서로 자기가 잘했다?"

"예!"

"내가 보기엔……."

민규, 둘의 표정을 둘러보고는 신경전에 종지부를 찍었다.

"무승부다. 그러니까 여기 사이좋게 앉아서 닭이나 먹어라. 음식 버리면 벌받는 거 알지?"

재희를 눌러앉히고 주방으로 향하는 민규. 걷는 동안에도 흐뭇한 웃음이 절로 났다.

신경전.

인간관계에서 피하기 어려운 일이다. 재희와 종규의 신경전은 끝났지만 다른 신경전이 펼쳐졌다. 점심 예약의 폭풍을 살짝 피한 오후였다.

[어머님 생신상, 4명.]

예약판을 본 민규, 그 어머님이 시어머니임을 직감했다. 결혼한 여자들, 친정어머니는 보통 엄마나 어머니로 부른다. 그러나 시어머니는 어머님인 경우가 많았다. 요리사의 짬밥이 쌓이니 단어 파악까지도 가능한 경지(?)가 되었다.

처음에는 별생각이 들지 않았다. 요즘은 며느리와 케미가 좋은 시부모도 많은 까닭이었다. 손님들이 내렸다. 여자 셋에 70 후반의 어르신을 합쳐 넷이었다. 셋은 모두 며느리였다.

어머니, 어머니…….

여기가 임금이 먹는 요리를 전문으로 하는 집이에요.

둘이 먹다 둘 다 죽어도 모른대요.

방송에도 많이 나왔어요.

며느리들은 시어머니 곁에서 경쟁적으로 재잘거렸다. 하지만 미소는 부자연스럽고 목소리는 떠 있다. 마음에서 우러난 행동이 아니라는 뜻이었다. 마지못해 나온 자리, 인상 찡그릴 수 없으니 괜한 수다로 속내를 감추는 세 며느리들. 크게 다르지 않았다.

그런데!

공교롭게도 네 사람은 모두 체질이 달랐다.

시어머니―木형

첫째 며느리―火형

둘째 며느리―金형

셋째 며느리―水형

시어머니는 오장에 자잘한 애로가 있고 둘째의 혈압이 좀 높았지만 크게 고려할 문제는 없었다. 아무튼 체질이 각개격파를 요구하다 보니 메뉴 선정부터 난항이었다.

"일단 어머님 생신이니까 뽀대나게 궁중황금칠향계는 기본으로 하고……."

첫째가 의견을 내자 바로 셋째의 태클이 들어왔다.

"꼭 그럴 필요 있어요? 어머니는 토란 좋아하시니까 토란으로 끓여내는 수중계가 더 좋을 수도 있어요."

수극화(水剋火)의 원리라도 아는 건지 첫째의 주장이 주춤거렸다.

"어머님은 어때요? 그래도 황금칠향계가 좋지 않겠어요?"

첫째가 주인공의 의향을 물었다.

"나야 뭐 아무려면 어때. 늙은이라 많이 먹지도 못하니 뭐든 조금만 시켜."

"무슨 말씀이세요? 어머님 모시려고 어렵게 예약한 자리인데……."

"여기가 옛날 요리 그렇게 잘하는 데면 '취건반' 같은 게 있으면 좋은데……."

"취건반이오?"

며느리들, 이때만은 박자에 맞추어 동시에 고개를 들었다.

"주방장님, 그런 것도 되나요?"

시어머니가 민규를 바라보았다.

"어머님, 주방장이 아니고 셰프님이오. 굉장히 유명하신 분이라니까요."

막내가 살짝 끼어들었다.

"취건반, 가능합니다. 그건 서비스로 만들어 드리죠."

"그런데 취건반이 뭐예요?"

첫째가 민규에게 물었다.

"아유, 형님, 핸드폰 뒀다가 뭐에 써요. 보세요. 여기 나왔잖아요. 오래된 누룽지를 강물에 달여서 먹는 음식. 음식을 넘기기 힘들 때나 자주 토하는 사람에게 좋다."

민규 답이 나오기도 전에 막내가 질러 나갔다.

"맞습니다. 하지만 그냥 강물보다는 천리수로 끓여야 효과가 확실합니다."

민규의 설명이 이어졌다.

"그럼 결국 숭늉이잖아요? 어머님, 안 돼요. 이런 데까지 와서 무슨 숭늉요? 오늘은 무조건 제일 비싸고 좋은 걸로 드세요."

막내가 고개를 저었다. 이때부터 본격 난항이 시작되었다.

죽이 스타트였으니 타락죽을 시작으로 양간죽, 구채죽, 총시죽, 삼미죽, 복령죽, 해송자죽에서 새팥죽까지 갔다가 타락죽으로 돌아왔다. 죽 이름이 나올 때마다 세 며느리의 각축은 불꽃을 튀었다.

양간죽—간의 허를 보하고 눈을 밝게 한다.

"어머님께 딱이네. 요즘 눈 침침하시잖아?"

구채죽—신을 따뜻하게 하고 하초를 보한다.

"이게 더 좋을 거 같아요. 사람은 늙어도 하체가 튼튼해야 돼요. 요즘 어머님 다리 힘이 풀렸어요."

총시죽—땀을 내고 피부를 부드럽게 한다.

"피부도 양보할 수 없잖아? 늙을수록 이미지 관리도 해야 해."
죽 논쟁의 종지부는 둘째가 찍었다.
"그래도 어르신들에게는 타락죽이 최고 아니야?"
허를 찔린 첫째와 막내가 민규를 바라보았다. 민규, 어깨를 으쓱하며 공감을 표해주었다. 우유는 金형에 좋지만 시어머니의 죽에 깨를 갈아 상쇄하면 문제 될 게 없었다.

격론은 만두로 넘어갔다. 시어머니 체질로 보자면 닭고기에 부추가 들어간 만두가 좋았다. 하지만 며느리들의 선택은 소고기가 들어가는 소방과, 역시 소고기와 오이를 베이스로 하는 규아상이었다. 그 또한 시어머니의 소에 닭고기를 넣는 것으로 합의를 유도해 주었다.

다음은 경단과 양갱 등의 선택이었다. 지켜보는 동안 민규는 알았다. 오늘 돈을 내는 사람은 막내 며느리였다. 그래서 주장이 강했다. 첫째는 첫째라는 입지로 주장을 펼쳤다. 그 중간에 치이는 게 바로 둘째였다. 어쨌든 며느리들의 삼국지 쟁패를 방불케 하는 주문은 그렇게 매듭을 지었다. 전채로 3종 물 세트를 내주고 주방으로 돌아왔다.

"재희야."

민규가 재희에게 식재료의 준비를 지시했다. 그런데, 묵은 재래닭이 두 마리였다.

"주문은 한 마리인데요?"

재희가 메모를 보며 물었다.

"두 마리 맞아."

민규가 웃었다. 재희는 고개를 갸웃거리며 식재료 창고로 향했다. 닭이 새로 도착했으니 걱정하지 않았다.

다닥다닥!

만두소가 만들어지기 시작했다.

보글보글.

죽도 끓었다.

'흐음.'

칠향계의 증기를 맡은 민규가 뚜껑을 열었다.

"재희야, 종규야."

그 자리에서 둘을 불렀다.

"……?"

재희와 종규, 낯빛이 창백해졌다.

"뭐 해? 금박 코팅 하라니까."

민규가 두 닭을 가리켰다. 재희와 종규에게 마무리 금박을 맡기는 것이다. 닭은 그래서 두 마리였다.

"셰프님, 요리 멀었어요?"

내실에서 막내 며느리의 재촉이 나왔다. 오늘 '턱'을 맡은 까닭인지 목에 힘이 많이 들어간 그녀였다.

"형……."

"셰프님……."

종규와 재희가 얼어붙어 있었다. 밤을 새운 건 연습이었다. 망쳐도 뭐라 그럴 사람이 없었다. 하지만 이건 손님 테이블에 올라갈 요리. 게다가 둘 다 망친다면?

"빨리 해라. 아침에 퍼렇게 날 섰던 서슬은 어디 갔냐? 둘 중에 잘된 게 손님상으로 가고 아닌 건 차 사장님 간식으로 보낸다."

민규는 태연히 죽을 푸고 있었다. 만두도 다 익었으니 닭에 금박만 올리면 카트가 출동할 판이었다.

"······."

"······."

재희와 종규, 똑같이 닭을 쳐다보더니 금박을 꺼내 들었다. 민규의 말은 취소할 수 없다는 걸 아는 것이다.

호흡.

금박을 올릴 때는 호흡을 참아야 했다. 솜털 같은 바람이라도 일면 끝장이다. 금박은 한없이 얇았으니 한번 구겨지면 회복 불능이었다.

이건 실전. 어젯밤보다 더 떨렸다. 작은 금 조각들이 날개의 겨드랑이 부분에 들어가고, 다리 사이의 틈으로 들어갔다. 둘의 얼굴에는 찜솥 뚜껑에 맺힌 증기처럼 단 땀이 송글하다. 땀도 컨트롤의 대상이다. 닭 위에 떨어지기라도 하면 그 또한 '꽝'의 낙인이 되는 것이다.

실전의 승자는 종규였다. 마지막 덮개를 제대로 올렸다. 하지만 재희의 금박은 끝이 살짝 접히고 말았다. 배짱에서 앞선 종규가 앞서 나가자 의식을 했던 게 결정타였다. 물론, 큰 표시는 나지 않았다. 하지만 민규가 알고 재희가 알았다.

민규는 종규 것을 집어 손님상에 세팅을 했다. 그런 다음 말없이 내실로 향했다.

"씨이······."

재희가 참았던 숨을 밀어내며 눈물을 훔쳤다. 아쉬움과 자책의 눈물이었다.

"와아, 이 비주얼 좀 봐. 역시 정통궁중요리집이라 그런지 다르긴 다르죠?"

상차림이 끝나자 막내가 환호를 했다. 뒤따라온 종규는 칠향계의 반응에 주목을 했다. 다행히 금박에 대한 시비는 없었다. 하긴 민규의 작품과 나란히 놓지 않는 이상 문제가 될 정도는 아니었다.

"어머님, 드세요. 이거 먹으면 만병이 사라질 거예요."

첫째가 시어머니를 챙겼다.

"잠깐, 인증 샷부터 찍어야죠."

막내가 핸드폰을 집어 들었다. 요리를 하나하나 찍어내더니 시어머니 곁으로 가서 친한 척 셀카를 찍었다.

"이제 먹어요. 어머님 많이 드세요."

막내의 요염이 빛을 발했다. 덕분에 옆자리의 둘째는 더 시들어 보였다. 그녀는 초자연수도 입에 대지 않았다. 이 자리가 불편한 것이다.

'가족사까지야 내가 어쩌랴.'

주방으로 돌아왔다. 주방에는 종규 혼자였다.

"재희는?"

"칠향계 가지고 차 사장님께."

"오른쪽 다리 금박, 안에서 구겨졌다. 다음부터 주의해."

"다른 건?"

"날개 접히는 부분도 그리 좋지는 않았지."

"유후!"

종규가 쾌재를 불렀다. 악평은 면한 것이다. 잠시 후, 차만
술의 민속전집에서 내려온 재희가 주방으로 달려왔다.

"셰프님."

목소리가 다급했다. 내실에 문제가 생긴 것. 민규가 달려가
니 둘째 며느리가 가슴을 쥐어뜯고 있었다. 체질창을 리딩하
니 급체였다.

"아이고, 얘가 왜 이런다냐? 셰프님, 119 좀 불러주세요."

시어머니가 사색이 되어 소리쳤다.

"잠깐만요."

민규가 다가섰다. 위장 입구에 갑작스러운 사기 덩어리가
탱글거렸다. 둘째 며느리는 혈압이 높은 사람. 그러나 아까부
터 많이 참았다. 아니, 어쩌면 그녀의 인내는 이 자리가 예정
되면서부터 시작되었을지도 몰랐다.

둘째는 중간 위치.

형님에게 치이고 막내가 들이박는다. 위치도 어중간해 시
어머니의 눈도장을 받기도 애매했다. 형님은 큰며느리라는 실
드가 있었고, 막내는 셋 중에 가장 형편이 좋았다. 그러다 보
니 시집 식구들 만나는 자체가 스트레스였다. 시어머니의 생
일을 챙겨주는 자리라지만 둘째에게는 가시오갈피나 엄나무

가시방석을 깔고 앉은 듯 따끔거리는 자리. 민규의 약선요리
조차도 달갑지 않았다. 그 스트레스가 이 사달로 이어진 것이
다.

볼펜을 뽑아 든 민규가 다가섰다. 급체의 명혈 합곡혈과 내
관혈을 눌렀다. 그래도 잘 내려가지 않아 족삼혈까지 추가했
다. 하지만 효과가 나오지 않았다.

"……?"

민규가 잠시 주춤했다. 웬만한 급체는 이 선에서 끝난다. 그
럼에도 내려가지 않는 건 스트레스가 강하기 때문이었다.

민규의 시선이 다른 혈자리로 건너갔다.

'폐경의 소상혈, 위경의 여태혈…….'

엄지손가락의 손톱 측면과 엄지와 검지 발가락의 혈을 눌
렀다. 미안한 마음도 없이 세게 눌렀다. 급체의 부작용은 무
섭다. 특히 혈압이 높으면 더욱 그랬다.

꾸욱!

얼마나 지났을까? 둘째 며느리의 가슴팍 뚫리는 소리가 들
렸다. 막힌 것과 스트레스가 한꺼번에 내려간 것이다.

"괜찮으세요?"

민규가 물었다.

"네, 숨 쉴 만해요."

그녀가 호흡을 골랐다. 창백하던 이마에 생기가 돌고 있었
다.

"잠깐 바람 좀 쐴게요."

둘째가 자리에서 일어났다. 원래 같으면 형님과 막내가 도끼눈 협공을 날렸을 순간. 그러나 소동을 겪은 후다 보니 잔소리 신공은 펼쳐지지 않았다.

"이거 드시면 좀 편해질 겁니다."

따라 나온 민규가 방제수 한 잔을 건네주었다. 민규의 초자연수 세트를 마시지 않은 덕에 이 고생을 한 것이다.

"고맙습니다. 시원하네요."

그제야 물을 마신 그녀가 인사를 해왔다. 그런 다음 연못 주변을 천천히 걸었다. 테이블에 있을 때보다 행복하게 보였다. 요리사로서는 맥 풀리는 상황이지만 이 또한 경험이었다.

요리!

산해진미에 천하일미라도 싫은 사람들과의 테이블에서는 식욕이 돌지 않는다. 요리사에게는 불편하지만 진리로 받아들였다.

진짜 사건이 터진 건 그때였다.

"셰프님."

재희가 달려 나왔다.

"핸드폰 좀 확인해 보세요. 청와대라는데 영부인께서 통화 좀 하고 싶다고 하세요."

영부인?

핸드폰을 꺼내 드니 걸려온 전화가 네 통이었다. 소리를 끈

민규가 받지 않자 가게에 전화를 때린 모양이었다. 웬만해서
는 이런 일이 없는 영부인. 무슨 일이기에 네 번이나 전화를
걸어온 걸까?

"안녕하세요?"

목을 가다듬고 인사부터 올렸다.

—셰프님.

영부인의 목소리는 조급하게 들렸다.

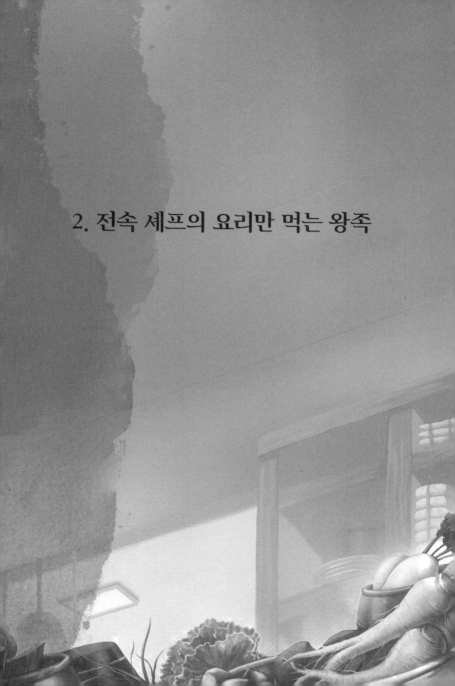

2. 전속 셰프의 요리만 먹는 왕족

　―통화 가능하세요?

　영부인이 물었다.

　"예, 전화하셨었네요? 제가 요리할 때는 핸드폰을 잘 챙기지 않습니다."

　―알아요. 저 혼자 마음이 급해서……

　"제가 도울 일이라도 생겼습니까?"

　―그게… 이야기하기가 좀 길어요. 시간이 되면 비서관을 보내 드릴게요.

　'비서관?'

　―괜찮겠어요?

"예. 언제 보내시게요?"

─지금 보내도 될까요?

"……!"

대답을 하고 전화를 끊었다.

지금 당장.

국가비상사태가 생긴 것도 아닐 테고… 무슨 일일까? 생각이 끝나기도 전에 차량 한 대가 들어섰다. 거기서 내린 사람, 믿기지 않게도 청와대 수석비서관이었다.

"……!"

연못가에서 설명을 들은 민규가 화들짝 놀랐다.

"아랍에미리트 왕세제에게 문제가 생겼다고요?"

"그렇습니다."

비서관은 깍듯했다.

"대체 무슨 일인지……."

"그쪽 왕세제가 지금 우리나라에 들어와 있습니다. 중요한 문제가 있어 극비리에 들어왔는데 음식에 문제가 생겼습니다."

"혹시 할랄과 하람 때문인가요?"

"그렇습니다."

비서관이 답했다.

할랄.

최근 들어 코셔, 비건 등과 함께 많이 대두되는 단어였다. 이슬람에는 율법에 따라 허용되는 음식과 금지되는 음식이 구분되어 있다. 아랍어 할랄(Halal)은 '허용할 수 있는'이라는 뜻을 가지고 있다. 과일, 채소, 곡류 등 모든 식물성 음식과 어류, 어패류 등의 해산물에서 이슬람 율법하에 무슬림이 먹을 수 있도록 허용된 제품을 의미한다.

반대로 허용되지 않는 음식은 '하람(Haram)'이라 부른다. 그들이 금지하는 음식은 주로 돼지, 그리고 피가 관여되는 식품이다. 동물의 경우 도축 방식도 까다로웠다.

"하지만 요리사는 미리 내정이 되었을 것 아닙니까?"

민규가 물었다. 왕세제라면 차기 왕권을 찜해둔 사람. 국왕에 버금가는 위상이니 수상급 의전을 갖췄을 일이었다.

"이 왕세제의 경우에는 굉장히 까다로운 성향이라 자국의 전속 요리사를 대동해서 왔습니다."

"……?"

"그런데 이 요리사가 급성복통으로 탈이 나는 바람에……."

"예?"

"어제 저녁부터 갑작스러운 복통에 구토와 오한이 그치지 않고 있어 K의료원에 입원해 있습니다. 의료진 말로는 장내에 가스가 가득 차 장이 비엔나소시지처럼 꼬여 있는 바람에 가스를 빼내 응급조치를 했다고 합니다. 하지만 간헐적 구토와 식은땀이 멈추지 않아 요리가 불가하다고 하는데… 그게 좀 이해가 안 된다더군요. 구토를 할 만한 병리학적 소견이 없는 것 같은데도 계속……."

"……."

"방문단에 알아보니 왕세제가 그 셰프의 요리가 아니면 입을 대지 않는 성격이라 컨디션이 다운되었다고 하네요. 해서 오늘 밤으로 예정된 대통령 회담을 취소했으면 좋겠다는 전갈을 보내왔습니다."

"……?"

"이 사람이 내일 출국하는데 그렇게 되면 현안에 대해 이야기를 나눌 기회가… 게다가 초청을 한 입장에서 식사를 못해 지쳤다는 사람을 어떻게 할 수도 없고……."

"그렇다면 국내의 할랄이나 코셔 전문 요리사를 찾아보시지 그랬습니까?"

"물론 그랬죠. 조금 전에 할랄 전문 셰프의 요리를 보내봤는데 왕세제가 손도 대지 않았다는 보고를 받았습니다."

"그쪽 셰프는 회복될 기미가 없나요?"

"구토와 식은땀 때문에 요리는 엄두를 못 낼 수준입니다."

"……."

"오전에 대통령님과 수석비서관들이 회의를 했는데 대통령께서 오후에 관저에 들러 영부인께 이 얘기를 하셨나 봅니다. 해서 어쩌면 셰프께서 해결책을 가지고 있을지도 모른다고 하셔서……."

"……."

"어떻습니까? 지금이라도 왕세제의 식사를 해결할 수 있다면 저녁 회담은 조금 미뤄서라도 가능할 것 같은데……."

"그게 지금 할랄요리여야 한다는 거 아닙니까?"

"영부인의 말로는 셰프의 요리 중에는 할랄요리에 버금가는 요리도 많다시기에……."

"칭찬이 아니라 협박이군요. 벼락처럼 달려와서 할랄요리를 내놓으라는 식이니."

"미안합니다. 국익에 필요한 일이다 보니……."

"그분 사진 같은 게 있나요?"

"잠깐만요, 배 과장."

비서관이 차 앞의 직원을 불렀다. 그가 핸드폰을 꺼냈다.

"확인하십시오. 보냈다고 합니다."

직원이 보고를 하자 비서관이 화면을 열었다. 몇 장의 사진이 보였다.

"이 사람입니다. 아, 공항 사진이라 그 뒤쪽 측근들과 요리사도 보이는군요."

비서관이 화면을 설명했다. 왕세제의 체질창부터 리딩했다. 미각 등급이 A를 상회할 정도로 미식가였다. 그러나 식사량은 많은 수준. 가장 빛나는 요리를 푸짐하게 먹는 스타일이었다.

"감이 좀 오십니까?"

비서관이 묻는 동안 민규는 화면을 확대했다. 대통령이 꼭 만나야 하는 사람. 그렇다면 실수가 용납되지 않았다. 그렇기에 확인에 확인이 필요한 사안이었다. 확대한 화면으로 머리부터 발끝까지 더듬었다.

체질 유형—金형.

담간장—우수.

심소장—허약.

비위장—양호.

폐대장—허약.

신방광—양호.

포삼초—양호.

미각 등급—A.

섭취 취향—過食.

소화 능력—B.

金형의 체질. 오장 중에는 심장과 폐의 기가 약하고 기관지와 머리 쪽에 거친 혼탁이 나왔다. 머리의 혼탁은 그만그만하지만 폐의 혼탁은 작으면서도 헐렁하지 않았다.

"혹시 이분이 기침을 하시나요?"

"어? 그걸 어떻게?"

"심합니까?"

"심하지는 않은데 여러 번 했습니다. 일종의 감기라던데…

마른기침을 합니다."

"알겠습니다."

"왜요? 메르스일까 봐서요?"

"아닙니다. 체질상 호흡기가 좀 약한 거 같아서요."

"아……."

감탄을 들으며 화면을 원상태로 돌렸다. 그러다 문득 전속 요리사에 대한 호기심이 들었다. 중동의 부호 왕세제는 어떤 사람을 전속 요리사로 데리고 왔을까? 뒤쪽을 중심으로 다시 화면을 키웠다.

'이런.'

사진을 보던 민규 미간이 살며시 구겨졌다. 그의 복통은 입국 때부터 시작이었다. 아마도 그닥 좋지 않은 상태로 방한길에 오른 것 같았다. 그 복통의 혼탁은 소장 중에서도 공장 부위. 소장은 십이지장과 공장, 그리고 회장 등으로 이루어져 있었다.

'하지만 요리를 못 할 정도의 혼탁은 아닌데?'

민규 고개가 살짝 기울었다. 찰진 혼탁이었다. 그러나 아직은 기세가 약했다. 악어나 호랑이라고 해도 성체가 아니라 새끼쯤이다. 셰프를 침대로 보내 버릴 정도는 아니었다.

'그렇다면 한국에 와서 문제가 보태졌다는 얘긴데…….'

오래 고민하지는 않았다. 전속 요리사가 요리를 먹을 건 아니기 때문이었다.

"되겠습니까?"

비서관이 조바심을 냈다.

"요리는 가능합니다."

"그렇다면 선행 절차가 필요합니다."

"선행 절차요?"

"왕세제는 전속 요리사 외의 요리는 먹지 않는다고 했지요? 아까 요리를 보낼 때도 요리사의 신분 확인 절차를 거쳤습니다."

"……?"

"두 사람의 자료를 보냈는데 한 사람은 무조건 탈락, 또 한 사람은 두바이의 6성급 호텔에서 수셰프를 지낸 경력이 있었습니다. 그걸 보고서야 수락하는 눈치였다고 합니다."

"……."

"이 셰프님은 방송 출연 경력이 많다고 하더군요. 그 외에 혹시 외국요리와의 다른 인연은 없습니까?"

"요리 한 접시 하는 데 그런 것까지 필요합니까?"

민규, 살짝 오기가 돌았다.

"미안합니다. 왕세제의 취향과 상황이 워낙… 과거에 아마도 누군가가 요리에 독극물을 주입했던 사건이 있었던 모양입니다. 그게 트라우마가 되어……."

"할 수 없죠. 외국요리 쪽이라면 루이스 번하드를 내세우십시오. 세계적인 미식가인데 저와 지인 관계입니다. 그것 외에

미슐랭의 별을 달고 있는 아델슨, 그 별을 걷어찬 램지 셰프, 그리고 러시아로 간 부시코프 셰프 등도 저와 교류하는 셰프들입니다."

"잠깐만요."

비서관이 의자에서 일어섰다. 차를 향해 가더니 직원에게 지시를 내렸다. 10여 분이 지나자 비서관이 돌아왔다.

"일이 되려나 보군요."

말하는 비서관 표정이 밝았다.

"루이스 번하드… 그분을 모르면 미식가라는 말을 쓸 수 없지요."

민규가 답했다.

"루이스가 아니라 부시코프입니다."

"예?"

"그쪽 비서실장이 부시코프에서 반응했답니다. 확인 절차를 거치더니 군말 없이 수락인데요? 물론 외교적인 응대일 수 있어 실제로 요리를 먹을지 안 먹을지는 모르지만요."

"……."

"죄송하지만 지급으로 좀 부탁합니다."

"호텔까지는 얼마나 걸립니까?"

"다행히 강변이 코앞이니 쾌속정을 대기시켜 두면 20분 만에 왕세제의 테이블까지 갈 수 있을 겁니다."

20분이면 테이블에 세팅 가능.

답변 하나는 매력적이었다.

아랍에미리트, UAE.

비서관이 넘겨준 자료와 종규가 찾은 요리 문화를 펼쳐놓았다. 이 나라의 요리는 인도 향신료가 가미된 양고기, 닭고기가 많았고 요구르트의 일종인 라반과 민트를 많이 사용한다. 고기요리는 주로 케밥의 형태로 만드는데 토마토와 채소소스를 넣은 쌀요리와 함께 곁들인다. 이들 요리에는 거의 무조건 대추야자열매에서 추출한 설탕이 들어간다.

기타 고수와 생강, 샤프란, 심황 등을 즐겨 커피와 차에도 생강이나 샤프란을 넣는 경우가 많았다. 또한 매 음식마다 아랍 빵이 곁들임으로 나오고 아랍 전통 양념인 Hommos를 찍어 먹는데 이는 물에 불린 병아리콩을 삶은 뒤 갈아내 마늘, 소금, 올리브기름 등으로 간을 맞춰 만든 것이었다. 쌀과 고기를 양파, 토마토, 익힌 레몬 등으로 간을 맞춰 먹는 마크부스역시 선호 식품에 들어갔다. 기타 아랍의 패스트푸드라고 할수 있는 샤와르마에 아랍의 빵으로 불리는 코부즈까지 파악해 나갔다.

대상: 아랍에미리트인.
체질: 金형.
오장 상태: 심장과 더불어 오장이 다소 약하고 기관지에 오래된

애로와 탁한 목소리.

선호 맛: 맵고 비리고 박하 맛, 화한 맛 체질.

대상 식품군: 토끼, 오리, 생선, 현미, 율무, 배, 복숭아, 박하, 후추, 생강, 겨자, 우유, 수정과…….

그리고…….

대추야자, 샤프란, 병아리콩…….

그들 조국의 식재료도 머리에 담았다.

—약선오리구이.

—궁중의이죽.

—궁중어만두.

—현미산야초초밥.

—약선박하양갱.

몇 가지 줄을 세우다가 궁중의이죽과 궁중어만두, 박하양갱으로 결정을 보았다. 가짓수보다 구미가 문제였으니 셋이면 족할 것 같았다.

대추야자는 어렵지 않게 구했다. 문제는 샤프란이었다. 샤프란은 그냥 스파이스가 아니다. 무게당 가격이 금값과 맞짱을 뜬다. 샤프란은 꽃 속에 있는 1개의 빨간 암술을 따서 말린다. 1g의 샤프란을 얻으려면 암술 300~400개를 말려야 한다. 이는 160여 개의 구근에서 채취할 수 있는 양이다.

이 모든 것은 수작업으로 이루어진다. 완성된 샤프란은 검은빛이 도는 금색 오렌지 빛깔이다. 쓴맛이며 특이한 요오드 향이 일품이다. 주로 생선요리에 다용한다. 물에 풀면 노란빛이 나는데 이 물을 소스에 섞어 쓴다.

색을 진하게 낸 치자는 쓴맛이 나지만 샤프란은 양에 관계없이 은은한 향으로 요리의 품격을 우아하게 높여준다. 하지만 이 또한 등급이 여러 가지. 왕세제가 먹는 샤프란이라면 최고급을 써야 함은 두말할 나위도 없었다. 강 건너 특급 호텔 쪽에 연락이 닿았다. 비서관의 인맥을 동원해 그들이 가진 것 절반을 사기로 했다.

샤프란.

어찌 보면 붉은 실고추 덩어리, 혹은 털실 모음처럼도 보였다. 그걸 풀어 맛부터 점검했다. 미리 소환한 초자연수 10여 가지와 반응을 시험했다. 그도 뿌리식물인지라 지장수와 궁합이 맞았다. 지장수에 샤프란을 풀었다.

"지급으로 부탁합니다."

전화에 불꽃이 튀었다. 모든 식재료는 할랄 전문점에 새로 주문을 했다. 시비를 방지하려는 생각이었다. 재료가 왔으니 어려울 건 없었다.

어만두용으로 주문한 생선은 최상품 참조기였다. 조기는 어느 체질에나 잘 어울리면서 기를 살리는 생선. 그래서 흔히 쓰는 숭어나 도미 대신 선택했다. 부실한 식사로 허해진 왕세제의 기운을 북돋으면서도 식성에 거슬리지 않을 선택이었다.

채소는 파슬리와 오이, 토마토, 양파 등을 사용했다. 체질에 더불어 아랍의 식생활도 고려한 선택. 깻잎 채를 끼워 넣은 건 보너스였다.

박하양갱을 틀에 부어놓고 죽 쑤기에 돌입했다. 장수에 담근 율무는 제대로 불어나 있었다. 일부는 갈아 죽을 쑤고 또 일부는 금박 코팅을 입혔다. 왕세제의 품격에 맞추는 구성이었다.

대추야자에 샤프란을 더한 궁중이의죽.

햅쌀의 죽물에 요수를 소환해 베이스로 삼고 완성된 죽에 참기름을 한 방울 떨구어 매조지를 했다. 황금 알처럼 반짝이는 통율무의 금빛은 기막힌 포인트가 되었다.

샤프란에 생강을 첨가한 궁중어만두.

그리고 역시 금빛 코팅을 두른 박하양갱…….

어만두에는 깻잎 채, 양갱에는 솔 향을 살짝 입혔다. 한국 셰프로서의 자존심이었다. 장식 역시 한국적인 모양으로 꾸몄다. 어만두 접시를 장식한 건 노란 밤의 속살로 조각한 소국이었고 잎은 국화잎을 그대로 놓았다. 양갱은 금빛 박하를 안에 품은 오미자였으니 대나무잎을 깔고 흰 마를 머리카락처럼 길게 잘라 깐 후에 양갱을 놓았다.

—궁중이의죽.

—궁중어만두.

—약선박하양갱.

세 요리의 위용이 나왔다. 체질에 맞춰 양도 넉넉하게 구성했다. 할랄에 맞추기 위해 도마와 칼도 새것을 사용한 민규. 거기에 배연근고를 보태놓았다. 통배의 씨를 파내고 꼭지를 도려 토종꿀과 은행, 연근과 생강을 넣어 중탕한 배연근고. 왕세제의 기관지를 위한 서비스였으니 비서관조차도 놀라는 비주얼이었다.

"같이 가시죠."

비서관이 민규를 청했다. 어차피 오후 예약은 엉망. 게다가 왕세제 쪽에서 요리에 대한 질문이 나올 수도 있으므로 비서관의 권유에 따랐다.

새 요리복으로 입었다. 한국은 아니지만 왕의 혈통. 이윤이나 권필이 그랬듯 정성을 다해 만나야 할 사람이었다.

"형이 세팅하는 거 봤지?"

옷을 입으며 종규에게 말했다.

"응."

"남은 요리, 잘 정리하면 한 접시씩 나올 거야. 똑같이 세팅해 놔라."

"알았어."

종규는 토를 달지 않았다. 민규가 초빛을 나섰다. 러시아에 갈 때보다도 비장해 보였다.

콰아아아!

쾌속정이 한강의 물살을 가르기 시작했다.

"빨리 가는 것도 좋지만 흔들리지 않게 해주세요."

민규가 소리쳤다. 단단히 포장을 했지만 지나친 흔들림은 세팅을 망칠 우려가 있었다.

＊　　　＊　　　＊

쨍!

엘리베이터가 열렸다. 중동인들의 상징처럼 보이는 흰색 고트라에 토브를 입은 사람들이 보였다. 직원이 뭔가를 설명하자 책임자가 나왔다. 그들은 호텔의 두 개 층 전체를 사용하고 있었다.

"이분입니다."

직원이 아랍어로 민규를 소개했다. 민규가 꾸벅 인사를 했다.

"코리아 국가대표로 불리는 궁중요리사십니다. 왕세제님을 위해 특별히 수고를 마다하지 않았습니다."

직원의 시선은 민규 앞의 카트에 있었다.

"고맙습니다. 놓고 가세요."

책임자도 아랍어로 답했다.

"우리 셰프께서 왕세제님께 직접 세팅하고 싶어 하십니다."

"그러시면 셰프만 따라오십시오."

책임자가 잘라 말했다.

그를 따라 한 층을 더 올라갔다.

"Can you speak English?"

책임자가 물었다.

"Yes."

"그럼 여기다 세팅하고 내려가시면 됩니다."

책임자가 간이 주방을 가리켰다. 요리사가 없는 테이블은 썰렁했다. 책임자는 우묵한 눈빛으로 민규를 재촉했다. 남의 나라 왕궁(?)이니 그들의 조치에 따랐다.

컵 세 개에 세 잔의 초자연수를 소환하고 요리를 세팅했다.

"끝났습니까?"

"예."

"밖에서 기다리십시오."

책임자가 반대편 문을 가리켰다. 들어갈 때와 반대로 나왔다. 계단 쪽이었다.

5분쯤 지나자 책임자가 나왔다. 민규를 보더니 고개를 저었다. '거부'라는 뜻이었다.

"요리 도구는 나중에 반환하겠습니다."

"물은 마셨습니까?"

"보기만 하셨습니다."

"요리는 전혀?"

"당신 탓이 아닙니다. 우리 왕세제님은 원래 나씨르 셰프의 요리가 아니면 먹지 않습니다. 하지만 당신의 요리가 아름답고 기품이 있다고는 하셨습니다.”

“배 요리는요? 그것만이라도 드시면 오랜 기침이……”

“다시 말씀드리지만 왕세제님은, 나씨르의 요리가 아니면 먹지 않습니다. 제 말은 끝났습니다.”

“……”

“돌아가시죠. 계단을 내려가면 안내하는 직원이 있을 겁니다.”

그의 말이 끝났다.

타박타박!

계단을 밟는 소리가 무거웠다. 한마디로 참패였다. 그러나 다른 나라의 사람, 이런저런 이유로 전속 요리사의 요리만 먹는 사람. 강제로 잡아다 테이블에 앉히고 입에다 퍼 넣을 수도 없었다.

한편으로는 칼날 같은 오기에 푸른 날이 돋아 올랐다. 예약 손님들을 펑크 내면서까지 만든 요리였다. 혹시나 흔들릴까 노심초사 끌어안고 배달을 온 요리였다. 그런데 거들떠보지도 않다니? 아니, 어쩌면 민규의 요리는 벌써 쓰레기통으로 들어갔는지도 모를 판이었다.

‘이럴 수는 없지.’

민규의 눈빛이 변하기 시작했다. 왕세제도 좋았고 트라우마도 좋았다. 그러나 이제는 민규의 손님이 되어버린 상황. 이런 식으로 돌아서면 3생의 위엄에 흠이 될 일이었다.

계단을 내려오자 저만치에서 직원과 비서관이 보였다.

"어떻게 됐습니까?"

비서관이 물었다.

"나씨르에게 데려다 주십시오."

"나씨르?"

"전속 요리사가 있는 병원 말입니다."

"요리는요?"

"그 사람을 만나는 게 우선입니다."

민규는 단호했다. 조금 전과는 완전하게 다른 표정이었다. 겸손하고 정중하던 표정은 간데없고 전의가 불타고 있었다. 이미 시작된 게임, 그 주도권을 쥐려는 민규였다.

＊　　　＊　　　＊

면회 금지.

"……!"

병실 앞에서 민규 인상이 구겨졌다. 간호사가 길을 막은 것이다. 잦은 구토의 원인이 밝혀지지 않았다. 게다가 '메르스'에 혼이 나갔던 대한민국 의료진. 병명이 제대로 나오지 않으니 면회객을 차단하고 있었다.

"저기……."

직원이 다가가 신분증을 보여주고 면회를 요청했다.

No!

"과장님 허락이 있기 전에는 안 돼요."

간호사의 포지션은 바뀌지 않았다.

'길 박사에게 부탁을 해야 하나?'

잠시 주저할 때 복도에서 의사가 나타났다. 주수길이었다.

"어? 이 셰프님!"

민규를 본 주수길이 반색을 했다.

"웬일이세요?"

"아, 예… 여기 입원환자 좀 볼 일이 있어서요."

"우리 환자?"

주수길이 간호사를 바라보았다.

"나씨르 씨를 면회하고 싶다고……."

"나씨르 씨는 제 환자인데요?"

주수길이 민규를 향해 말했다. 반가운 말이 아닐 수 없었다.

"구토가 좀 심한데 진정제로도 잡히질 않네요. 신경성 같아서 제가 담당하고 있습니다만 어쩐 일이시죠?"

"죄송하지만 좀 체크할 게 있어서요."

"혹시 그분께 약선요리를 드리러 온 건 아니고요?"

그의 시선이 민규의 카트에 머물렀다. 민규는 카트를 앞세우고 있었다.

"그건 아닙니다."

"으음, 제가 이렇다니까요. 셰프님만 보면 약선요리가 생각나니… 그렇잖아도 이 셰프님 생각이 나서 저녁에 상의해 볼 생각도 하고 있었어요. 하지만 이분이 곧 출국할 예정이라기에……"

"잠깐 면회 좀 안 될까요?"

"그 카트도요?"

"예. 저분이 모시고 있는 분이 있는데 요리 문제가 좀 있어서요. 몇 가지만 물어보면 될 것 같습니다."

"요리라면 냄새 때문에 환자의 구토가 심해질 수도……"

"문제가 생기면 바로 나오겠습니다."

"좋습니다. 저도 신세를 진 주제에 말릴 수 없죠. 일단 메르스는 아닌 것 같고……"

주수길이 병실 문을 열었다. 민규가 들어서자 문은 바로 닫혔다. 비서관과 직원까지 허용되는 건 아니었다.

"……!"

비서관, 완전히 뻘쭘해졌다. 동시에 민규의 파워를 실감하는 순간이었다.

"미스터 나씨르, 좀 어떠세요?"

병상으로 다가선 주수길이 영어로 물었다.

"에엑……?"

구토 기미를 참아내던 나씨르가 고개를 들었다. 60대 초로의 나씨르, 구토 때문인지 수척한 얼굴이었다.

"안녕하세요?"

민규도 영어로 인사를 했다. 나씨르는 5성급 이상의 호텔에서 근무한 사람, 당연히 영어를 알고 있었다.

"Who are you?"

그가 상체를 세우며 물었다. 눈치를 차린 주수길이 슬쩍 자리를 비켜주었다.

"코리아 셰프 이민규입니다. 궁중요리와 약선요리를 주로 합니다."

"아, 러시아에 있는 부시코프가 추천한?"

"제 얘기를 들었습니까?"

"왕세제님께 연락이 왔습니다. 부시코프가 추천하는 한국 셰프가 있는데 확인 좀 해달라고… 그래서 내가 부시코프와 통화를 했지요."

"예……."

"하지만 왕세제께서는……."

"맞습니다. 제가 만든 요리를 먹지 않았습니다."

"그럴 겁… 우, 우엑, 우에에!"

대화하던 나씨르가 배를 잡고 움츠렸다. 그러나 마른침 외에는 넘어오는 게 없었다. 발작적인 구토, 역시 요리를 하기에는 무리였다.

"아시겠지만 왕세제님께서 식사를 하지 않는 통에 우리 대통령과의 회담이 취소될 지경에 이르렀습니다. 그래서 제가 부랴부랴 약선요리를 만들어 가봤지만 손을 대지 않는 것 같아서 달려왔습니다. 이게 제가 왕세제님께 올렸던 요리들입니다. 두 개를 만들어 하나는 거기 두고 다른 한 세트를 가지고 왔습니다."

민규가 요리의 뚜껑을 열었다.

─궁중이의죽.

─궁중어만두.

─약선박하양갱.

─배연근고.

요리를 본 나씨르, 또 다시 구토를 시작했다.

"우엑, 우에에!"

그러자 창가 쪽의 주수길이 돌아보았다.

"이 셰프님."

주수길이 다가오자 나씨르가 손을 들었다. 요리 때문이 아니라는 사인이었다. 그의 구토는 다시 멈췄다.

"기막히군요. 내가 컨디션이 좋지 않지만 풍미가 진동을 합니다. 왕세제님의 구미도 당겼을 포스입니다. 부시코프가 무조건 지지를 한 이유를 알 것 같네요."

"하지만 왕세제님은……."

"먹고 싶지만 외면했을 겁니다. 한두 번이 아니니까요."

"방법이 없을까요? 아니면 보완점이라든지……."

"둘 중 하나죠. 제가 요리하든지, 아니면 제가 죽든지."

"예?"

"제가 죽으면 다른 요리사를 찾겠지요. 그것 외에는 방법이 없습니다. 솔직히 말하면 저도 그것 때문에 스트레스가 심하답니다."

"……?"

"휴가가 없거든요. 연봉은 세지만 돈이 인생의 전부는 아니지 않습니까? 이번 방한에도 제 딸이 암수술에 들어갔는데 아빠로서 옆에 있어주지 못했어요. 아직 젊은 분이니 이런 마음 이해하려나 모르겠네요."

"이해한다면 거짓말이겠죠. 사람은 그 자신이 그 위치에 있어봐야만 이해할 수 있으니까요."

"굉장히… 솔직한 분이군요."

"그럼 전에 이런 경우가 생겼을 때는 어떻게 하셨습니까?"

"이런 일은 처음입니다."

"……"

"아무튼 한 가지는 분명합니다. 당신 요리가 부족해서 왕세제님이 안 먹는 건 아니라는 것. 이럴 때를 대비해서 비상용으로 준비해 둔 건조식품이 있으니 그걸로 대충 때우고 계실 겁니다. 물론 성에 차지는 않으시겠지만… 그러니 돌아가세요."

돌아가세요.

그 말을 남긴 나씨르가 침대에 누웠다. 전속 요리사의 요리가 아니면 입에 대지 않는 왕세제. 먹지 않는 데에야 3생의 요리 내공을 받은 민규도 소용이 없었다. 육천기 역시 이럴 때는 도움이 되지 않았다. 왕세제에게 필요한 건 기가 아니라 나씨르의 요리였다.

나씨르의 요리.

틀려 버린 건가?

전 같으면 그냥 돌아섰을 민규였다. 하지만 민규에게는 또 다른 전략이 남아 있었다. 직접 만드는 요리는 물 건너갔다. 그러나 거기 나씨르가 있었다. 그를 일으켜 주방에 세우면 가능했다.

'그렇다면?'

민규의 칼날 리딩이 나씨르의 오장육부를 빠르게 스캔해 나갔다. 구토만 잡을 수 있다면 그가 달려가 요리를 하면 될 일이었다.

왕세제와 같은 숲형 체질…….

위장 전체에 푸석한 혼탁.

소장 부위에도 아련한 혼탁.

소장의 혼탁은 신경이 쓰이지만 구토의 원인은 아닌 것 같았다. 시선을 위장에 고정시켰다. 그사이에 그가 또 구토 기미를 보였다. 구토를 그치게 하려면 따뜻한 소금물이 좋다. 한두 모금 마시면 웬만한 구토쯤은 그냥 멈춘다. 그러나 약에 중독된 구토는 해독을 해야 한다. 전자는 열탕에 벽해수를 소환하면 끝장이다. 후자 역시 정화수와 생숙탕으로 해독을 재촉하면 해결된다. 그러나 해묵은 찌꺼기가 쌓인 거라면 조금 특별한 조치가 필요하다. 황소고기를 호박빛이 나도록 졸여서 마시는 게 그 해법…….

'해묵은 찌꺼기는 아니고…….'

하나하나 짚어가며 해결책에 접근해 갔다.

오장육부의 정보로는 단서가 나오지 않았다. 체질을 파고들어 갔다.

금형 체질…….

그러나 쓴맛을 좋아하는 성향.

그렇다면…….

그렇다면 혹시?

"나씨르 셰프."

민규가 시선을 들었다. 핸드폰에서 가족사진을 보던 그가 민규를 바라보았다.

"당신은 이 방한이 무척 스트레스였습니다. 맞지요?"

"그렇다고 말했습니다만."

"그렇기에 위장이 편하지 않았습니다. 소장도 그리 좋은 편은 아니고요."

"무슨 말을 하려는 거요?"

"왜 배가 아팠습니까? 제가 체질을 읽어보니 위장의 기는 그리 위중하지 않습니다. 그러니까 이 구토는 급작스러운 발병이라는 겁니다."

"맞아요. 한국에 오기 전에는 큰 문제가 없었습니다."

"잘 생각해 보십시오. 그럼 제가 해결책을 마련할 수 있습니다. 그럼 왕세제님의 요리를 할 수 있습니다. 어차피 온 한국이니 당신도 좋은 결과가 필요하지 않습니까? 당신 때문에 방한이 망쳐지는 건 원치 않겠지요?"

"그야……."

"부탁합니다."

"허어, 하긴 부시코프가 말하길 러시아에서 뇌막염까지도 요리로 고쳤다고요?"

"그건 중요하지 않습니다. 시간이 없습니다."

"하긴 행복한 요리를 먹으면 병이 낫는 경우도 있지요. 어디 보자… 한국에 와서 뭘 먹었던가?"

"……."

"오이와 토마토, 단호박과 상추, 양고기와 복숭아……."

"……."

"아, 참외. 한국의 참외를 정말 맛나게 먹었어요. 내가 먹은 멜론들 중에서 최고의 식감과 당도였거든요."

'참외?'

"하지만 그건 왕세제님도, 그리고 다른 참모들도 함께 먹은 거니 문제가 없을 테고……."

"아니오, 아니오. 잠깐만요."

민규가 생각을 모았다.

참외.

그럴 수 있었다. 참외는 대한민국 대표 과일이다. 과거에는 그 맛이 팔도를 강타했다. 오죽 맛나면 참외 철이 되면 쌀집 매상이 7할 가까이 떨어질 정도였다. 하지만 참외가 이토록 격한 구토의 원인이 될까?

'억!'

생각을 더듬어가던 민규가 손으로 비명을 막았다. 참외가 원인이 될 수 있었다.

"혹시 꼭지까지 먹었나요?"

"예, 내가 쓰던 멜론들보다 작아서 한번 먹어봤어요. 굉장히 썼는데 그것도 별미인 것 같아서 그냥 먹었습니다. 내가 원래……."

"쓴맛을 좋아하거든요."

뒷말은 민규와 셰프가 동시에 말했다.

"셰프……."

"그 참외… 물에 가라앉는 거였죠?"

"어떻게 그걸? 여러 참외들 중에서 그것만 물에 가라앉았습니다."

"……!"

나씨르의 말에 민규에게 확신을 주었다. 물에 가라앉는 참외는 먹지 않는 게 좋았다. 그 꼭지를 잘못 먹고 토악질이 나면 해결책은 하나밖에 없었다.

"당신의 구토를 잡을 수 있을 것 같습니다."

나씨르에게 말한 민규가 주수길을 바라보았다. 주치의의 동의를 구하는 것이다.

"셰프님."

"제가 시도해 봐도 될까요? 이게 국가적으로 아주 중요한 회담이랍니다."

"셰프님의 약선요리로요?"

"예."

"……"

"……"

"좋아요. 셰프님이라면 시도해 보셔도 좋습니다."

주수길의 허락이 떨어졌다. 민규는 벼락처럼 종규에게 전화를 때렸다.

"종규야, 지금 당장 약재 보관실에 가서……."

*　　　*　　　*

"형!"

종규가 달려온 건 오래지 않았다. 가게에는 아직 똥토바이가 있었다. 급할 때는 그만한 게 없었다.

"가져왔어?"

"여기."

종규가 작은 뭉치를 내놓았다. 싸고 또 싼 포장에서 진한 향이 물씬 풍겼다.

"셰프님."

통화를 하던 비서관이 다가왔다.

"의전비서관인데요, 왕세제와의 회담은 물 건너갔습니다."

"예?"

민규가 고개를 들었다.

"현실적으로 무리고… 해서 대통령님이 다른 스케줄을 잡은 모양입니다. 그러니 그만 애쓰셔도 되겠습니다."

"아니, 지금 그걸 말이라고 하십니까?"

민규가 칼 각을 세웠다.

"안 되는 일 아닙니까? 왕세제가 셰프의 요리를 먹지도 않았고……."

"그래서 포기라고요?"

"어쩌겠습니까? 상황이 이런 걸?"

"그렇게 쉽게 포기할 걸 왜 시작했습니까?"

듣고 있던 민규가 사자후를 뿜었다. 놀란 비서관이 민규를 바라보았다.

"나는 이제 시작입니다. 이 일이 누워서 떡 먹기인 줄 알았습니까? 당신들은 국정을 늘 이런 식으로 처리합니까?"

"셰프님……."

"어려움이 닥치면 해결할 생각을 해야지, 안 되는 쪽으로 가닥을 잡아요? 청와대의 성향은 그렇습니까? 되면 되고 안 되면 말고?"

"이봐요. 그 판단은 우리가 합니다. 이건 외교적인……."

"닥쳐요. 그래서? 당신이 한 일이 뭐였습니까? 복도에서 어려워, 안 될 거 같아, 그런 거나 전달했겠지요. 이 일, 진정되는 쪽으로 생각해 보기나 했습니까?"

"……?"

"젠장, 이런 인간들인 줄도 모르고 간절한 예약 손님들을 다 취소했으니……."

민규가 핸드폰을 뽑아 들었다.

"여사님."

통화의 목적지는 영부인이었다.

"이민규입니다."

―어머, 셰프님.

"청와대, 실망입니다."

―예?

"제가 방법을 찾는 동안에 기껏 한다는 게 '포기'로군요. 이 일을 떡볶이나 된장찌개 끓이는 정도의 간단한 일로 아셨습니까? 참으로 실망스럽습니다."

―셰프님…….

"끊겠습니다."

민규가 통화를 끝냈다. 그래도 화가 풀리지 않았다. 나랏일을 하는 사람들이었다. 그렇다면 고난도의 전략을 가지고 임해야 했다. 신념도 필요했다. 한번 찔러보고 마는 게 청와대의 역할이라면 곤란했다.

"형."

종규가 민규를 바라보았다. 상황을 모르는 종규는 걱정스러울 뿐이었다.

"내려가 있어. 형은 주 선생님에게 인사하고 내려갈게. 네 오토바이 뒤에 타고 간다."

"……."

민규가 병실 쪽으로 향했다. 걸음마다 분노가 뚝뚝 묻어났다. 정말이지 개같은 기분이었다. 남이 미치도록 고민하는 사이에 기껏 궁리한다는 게 포기였다니.

'개자식들.'

욕이 나왔지만 안으로 넘겼다.

"셰프님."

병실에 가까울 때 직원이 민규를 가로막았다.

"뭡니까?"

민규의 각은 더 예리해져 있었다.

"비서관님이……."

그가 뒤를 가리켰다.

"어차피 포기한 일이라니 돌아가십시오."

직원을 밀었다. 더 할 말도 없었다. 그러자 비서관이 민규 팔을 잡았다.

"죄송합니다. 영부인님이십니다."

그가 핸드폰을 내밀었다.

"나 통화할 기분 아닙니다. 나중에 따로 전화드리지요."

비서관을 거칠게 지날 때 그의 뒷말이 발길을 잡았다.

"이 일을 진행해 달라고……."

"……?"

"죄송합니다. 영부인께서 대통령과 비서실장, 의전 팀을 설득해서 왕세제 스케줄을 유지하기로 했답니다. 되든 안 되든……."

"청와대는 아주 편하게 사시는군요."

민규가 냉소를 뿜었다.

"죄송합니다. 영부인께서 셰프님께 손이 발이 되도록 빌라고……."

"……."

"왕세제가 요리를 먹지 않는 바람에 제가 판단을 잘못했습니다. 무릎을 꿇으라면 꿇겠습니다."

"……."

"부탁합니다."

"알았으면 길이나 비켜주세요."

"셰프님……."

"길을 비켜야 다시 추진을 하든 말든 하지 않겠습니까?"

"아, 예……."

비서관이 길을 터주었다. 잠시 그를 쏘아본 민규, 그대로 병실 문을 열었다.

"우에, 우에엑!"

나씨르의 간헐적 구토는 아직도 진행 중이었다.

"나씨르 셰프."

민규가 다가섰다.

"……?"

"당신의 구토를 멈추게 해드리겠습니다."

"……."

"이 약수를 드십시오."

민규가 초자연수를 내밀었다.

"셰프?"

나씨르의 미간이 구겨졌다. 대한민국 대표 병원에서도 잡지 못하는 구토였다. 그런데 물 한 컵을 내밀며 고치겠다니?

"따님, 소장암이죠?"

민규가 떡밥을 뿌렸다. 나씨르의 가족사진에서 리딩한 결과였다.

"그, 그걸 어떻게?"

나씨르의 표정에 파란이 일었다. 왕세제에게도 밝히지 않은 병명. 그걸 민규가 알고 있는 것이다.

"나씨르 셰프도 소장에 약간의 조짐이 있습니다. 부위는 여기입니다. 장과 장이 중첩된 곳이라 찾기 어려울 수 있지만 정밀진단을 하면 나올 겁니다. 이제 시작이니 큰 대미지 없이 해결할 수 있을 겁니다."

민규가 나씨르의 배를 짚었다. 소장 중에서도 '공장'에 해당하는 부위였다.

"……."

나씨르의 시선이 파르르 떨었다. 그곳에 문제가 있는 것도 사실이었다. 늘 기분 나쁜 결림이 있었던 것. 그러던 차에 딸이 소장암으로 밝혀지면서 유전인자 걱정까지 하던 차였다.

물.

시선이 거기로 옮겨졌다. 본능이었다. 민규의 말도 그렇지만 몸이 먼저 반응하고 있었다. 물에 끌리는 목마른 짐승처럼…….

물을 잠시 바라보다 단숨에 넘겼다. 완전한 원샷이었다.

"하아!"

목 넘김이 끝나자 편안한 날숨이 나왔다. 민규도 보았다. 그의 소화기가 평화로워지는 게 보였다. 그야말로 전격적이었다.

"큼큼."

나씨르가 목을 잡았다. 신기하게도 구토기는 사라지고 없었다.

"이거?"

나씨르는 믿을 수가 없었다. 제어가 되지 않던 구토가 아닌가?

"셰프님."

주수길도 다가왔다.

"죄송하지만 나씨르 씨의 구토 원인은 참외였습니다."

민규가 원인을 밝혀주었다.

"참외?"

"정확히 말하면 참외 꼭지였죠. 굉장히 쓴 놈이 있었을 겁니다. 그렇죠?"

민규가 나씨르에게 물었다.

"맞아요. 폐하 앞이라서 뱉지 못하고 먹었어요. 내가 쓴 걸 좋아하기에 참을 만도 했고요."

"참외 꼭지를 잘못 먹으면 구토가 그치지 않습니다. 그럴 때의 처방은 오직 한 가지뿐이죠."

"……?"

"바로 이겁니다."

작은 뭉치를 들어 보였다. 향이 진동을 했다. 그건 중국 소주에서 가져온 사향이었다. 참외는 사향과 상극이다. 상생과 상극의 원리. 그걸 이용해 제압한 것이다. 실제로 사향을 주머니에 넣고 참외밭을 지나가면 사방 10리의 참외밭에 참외가 열리지 않는다고 했으니 식재료들의 신묘한 상관관계였다.

"그, 그런……."

나씨르도 주수길도 놀라움을 감추지 못했다. 특히 주수길이 그랬다. 그 많은 의료진이 매달리고도 원인을 밝혀내지 못한 구토. 그걸 한 방에 날려 버리는 민규였다.

"이제 나씨르가 나서주실 순서입니다."

민규는 자신의 목적을 잊지 않았다.

한 시간 후.

나씨르는 호텔 주방에서 요리에 매진하고 있었다. 그가 만드는 건 마크부스(Machbous)와 하리스(Harris)였다. 하리스는 고기와 밀가루 반죽을 섞어 죽이 될 때까지 짓이겨 만드는 요리. 몇 끼 식사가 부실한 왕세제가 주문한 오더였다.

빵과 소스까지 푸짐하게 준비한 나씨르의 시선이 찜통으로 향했다.

'배연근고……'

안에서 숙성되고 있는 요리였다. 나씨르의 기억이 민규를 불러냈다.

'왕세제님의 고질적인 기침을 한 방에 날려줄 요리입니다.'

재료는 배와 꿀, 은행, 생강, 연근이 전부. 배의 머리를 살짝 잘라 속을 파내면서도 여러 생각이 들었던 나씨르였다. 왕세제의 마른기침은 역사가 유구했다. 무려 10여 년이 넘은 고질이었던 것. 아랍에미리트의 왕세제라면 부러운 게 없는 몸이었다. 국민소득도 만만치 않지만 왕족의 재산은 숫자로 감당 못 할 정도였던 것. 더구나 왕족들이 이용하는 병원은 미국도 부럽지 않은 상황이었다.

그곳에서도 이 감기는 잡지 못했다. 그러나 일상에는 큰 지장이 없는 정도. 그렇기에 이제 잔기침은 그의 트레이드마크가 되어버렸다. 하지만 그 불편함을 누가 알까? 왕세제를 가까이에서 모신 나씨르였기에 누구보다 그 성가심을 잘 알고 있었다.

그런데…….

—배, 꿀, 은행, 생강, 연근.

어떻게 봐도 약이 될 만한 배합이 아닌 평범한 식재료들. 다른 때 같으면 비웃고 말았겠지만 그 자신의 구토를 잡은 민규였으니 믿지 않을 수도 없었다.

"나씨르의 요리가 아니면 안 드신다니 레시피를 드립니다."

민규의 요청은 정중했다. 나씨르는 그 자세에 반했다. 가장 편한 상태로 요리를 즐기게 하려는 마음. 맛난 요리를 완벽하게 만드는 자세가 아닐 수 없었다.

'흐음.'

배연근고의 뚜껑을 열었다. 달달한 향이 아련하게 밀려 나왔다. 배즙에서 우러난 물은 생각보다 풍미가 좋았다. 접시에 담아 들고 왕세제의 식탁으로 걸었다.

"폐하, 이걸 먼저 드십시오."

나씨르가 배연근고를 내려놓았다.

"……?"

"제 구토를 잡아준 한국의 셰프가 권한 폐하의 기침약입니다. 어쩌면 오랜 시간 폐하를 괴롭혀 온 감기가 사라질지도 모르겠습니다."

"한국의 전통약인가?"

"셰프의 말로는 약선요리라고 합니다. 제가 배워 와서 그대로 따랐습니다."

"약선요리……."

"갈라예프 회장님의 소식을 들었다고 들었습니다. 그분의 고민을 고쳐준 요리사라고……."

"갈라예프를 뻑 가게 한 약선요리라……."

왕세제가 스푼을 집었다. 대추 살 장식과 잣 세 알이 보였다. 그 또한 민규가 준 레시피의 일환이었다.

한 스푼…….

무심하게 넘어갔다.

두 스푼…….

역시 무심했다.

하지만 세 스푼째.

"코올록!"

왕세제가 천둥 같은 기침을 토해냈다.

"폐하!"

놀란 나씨르의 얼굴이 사색으로 변했다.

"괜찮으십니까?"

비서실장도 달려왔다. 왕세제의 안위는 매우 중요한 일이기 때문이었다.

"닥터, 닥터!"

비서실장이 소리쳤다. 왕세제의 방한단에는 주치의도 동행하고 있었다. 순간, 왕세제가 손을 들어 비서실장을 말렸다.

"폐하……."

"잠깐… 쿨럭, 쿨럭!"

왕세제의 기침이 몇 번 더 격하게 이어졌다.

"나씨르, 대체 뭘 드시게 한 겁니까?"

비서실장이 도끼눈을 뜨며 물었다.

"한국의 약선요리입니다."

"약선요리? 그럼 약을 먹었다는 거요?"

"아닙니다. 이름만 약선이지 배하고 꿀, 생강, 은행… 일상적으로 많이 쓰는 식재료들뿐입니다."

"그래도 그렇죠. 가뜩이나 하루 종일 만족스러운 끼니를 드시지 못한 폐하신데……."

"잠깐, 잠깐……."

숨을 고른 왕세제가 물을 마셨다. 그 물 또한 민규가 보낸 초자연수였다. 폐에 좋은 추로수와 매우수를 혼합해 배연근고의 효능에 시너지를 보려는 구성이었다.

"폐하……."

"응?"

왕세제가 목청을 골랐다. 기침이 나오지 않았다.

"응?"

이번에는 다양한 호흡을 쉬었다. 그래도 기침이 없었다.

"나씨르."

왕세제의 시선이 셰프에게 향했다.

"코리아 약선 셰프의 레시피가 제대로인가 봅니다."

나씨르가 조용히 웃었다.

"으음… 약선요리?"

왕세제가 배연근고를 바라보았다. 즙은 비었지만 아직 몸통과 건더기가 남은 상황. 스푼으로 배를 긁어 흐뭇하게 한 입을 물었다. 구성물들이 가볍게 씹혔다. 그걸 넘기니 고질 감기의 찌꺼기들까지 뻥 뚫리는 기분이 들었다.

"흐음, 편해… 목이 편해……."

왕세제는 눈을 감은 채 넋을 놓았다. 입가에 미소가 서린다. 오랜 시간 불편한 잔기침을 달고 살았던 왕세제. 그에게 처방한 레시피는 이중으로 강화된 재료였다. 우선 일반 감기 기침과 기력 회복에 많이 쓰는 '배+생강+연근'의 구성에, 고질적인 감기를 다스리는 '배+꿀+은행'의 구성을 더한 것. 체질까지 저격한 배합이니 효과의 탁월함은 예약된 일과도 같았다.

"셰프."

나씨르가 주방으로 들어서자 비서실장이 따라왔다.

"말씀하시죠."

"이거 말이오."

그가 내민 건 또 하나의 배연근고였다.

"어, 그게 어떻게?"

"코리아의 셰프가 가져왔던 거요. 폐하께서 먹지 않아 처박아두었던 건데 내가 먹어도 될까요?"

"아, 압둘라 님도 감기 기운이 있으시지요?"

"그러게요. 약을 먹었는데도 아직 가라앉지 않아서… 폐하 앞에서 기침을 하기도 민망하고 참기도 힘들어서……."

"잠시만요, 제가 이 셰프에게 물어보겠습니다. 약선요리라는 게 사람에 따라 다르다고 했습니다."

나씨르가 전화를 집었다. 비서실장의 사진을 받아 든 민규의 답은 No였다. 그는 水형이었으니 꿀이 이롭지 않은 몸, 단맛은 수형을 자극하는데 배에서 나온 과즙에 꿀까지 더하니 감기의 혼탁과 부조화를 이루기 때문이었다. 나씨르는 민규의 처방에 따라 새 배연근고를 안쳤다.

왕세제가 모처럼 푸짐한 요리를 즐기는 동안 비서실장은 배연근고를 떠먹었다. 그 역시 오래지 않아 효과를 보았다. 목이 시원해지더니 가슴이 툭 터지는 느낌이 온 것이다.

"히야, 이거 정말 신기하네요."

비서는 배 껍질까지도 남김없이 흡입해 버렸다.

'이것 참……'

왕세제의 방한단이 청와대로 향하는 동안 나씨르는 배연근 고의 레시피를 보고 있었다. 정말이지 특별할 것도 없었다. 그럼에도 탁월한 효과라니…….

'코리아의 신비로군.'

그렇게 생각할 수밖에 없었다.

왕세제의 청와대 회동은 무사히 끝났다. 결과도 좋았다. 갑작스러운 전속 요리사의 사고로 회담이 어려울 것 같음에도 끝까지 기다려 준 청와대 측에 대한 보답이었다. 전속 요리사의 병에 더불어 왕세제의 고질적인 감기까지 낫게 해준 까닭이었다.

회담 성료.

민규의 노력은 끝내 결실을 맺었다.

회담을 마친 청와대 수석비서관은 그길로 초빛을 찾아갔다.

"다행이군요."

내일의 요리 재료를 점검하던 민규가 말했다.

"낮의 일은 면목이 없습니다. 그때 그냥 포기했더라면……"

"……."

"영부인께서도 죄송하다고, 그리고 고맙다고 전하라 하셨습니다. 근간 한번 오시겠다는 전갈과 함께요."

"예."

"비용은 청와대 예산으로 입금시켜 드렸습니다. 저희가 할 수 있는 한도 내에서 충분히……."

"돈 때문에 갔던 것은 아닙니다."

"알고 있습니다. 다시 한번 사과를 드립니다."

"아무튼 잘되었다니 다행이군요."

민규가 답했다. 낮의 일은 불쾌하지만 이제 와서 다시 거론하고 싶지 않았다. 비서관은 한 번 더 고개를 숙이고 초빛을 떠났다.

"하여간 공무원들은……."

종규가 혀를 찼다.

"공무원들이 아니라 타성에 젖은 공무원들. 공무원 중에도 열심히 일하는 사람은 많아."

"뭐 그거야……."

"너도 오늘 수고했다."

"아, 몰라. 아까 똥토바이 열나게 밟느라고 딱지 끊었으니까 그런 줄이나 알아."

종규가 볼멘소리를 내며 돌아섰다. 민규가 다시 식재료를 고를 때 핸드폰이 울렸다.

―이 셰프님.

전화의 목소리는 나씨르였다.

"나씨르 셰프……."

―덕분에 왕세제님께서 한국 대통령과의 회담을 의미 있게 마무리하고 오셨습니다.

"예……."

―다 셰프 덕분입니다.

"별말씀을… 배연근고는 어땠습니까?"

―기가 막혔죠. 폐하와 비서실장의 감기를 한 방에 잡았습니다.

"잘된 일이로군요."

―그래서 말인데… 셰프의 식당에서 할랄요리를 부탁해도 될까요? 방금 돌아오신 폐하께서 셰프의 초빛에서 내일 아침 식사를 하고 싶으시답니다. 어차피 저 때문에 돌아갈 여정을 짜는 바람에 오전 일정이 비어 있었거든요.

"왕세제님은 나씨르 셰프 요리가 아니면 안 드신다면서요?"

―물론 그렇죠. 그런데 셰프의 배연근고를 먹고는 생각이 변한 모양입니다. 고질병과 제 병, 비서실장까지 낫게 해준 인사도 하고 싶으시다고……

"하지만 시간이… 내일 아침에도 예약이 밀려 있는지라……."

―비서실장 말이 오전에 한두 시간 전체를 이용하는 대가

로 1억을 드리라는 허락이 떨어졌다고 합니다. 주한 대사와 기업인, 측근이 몇 분 함께 가실 것 같습니다.

"그래도 곤란합니다. 나씨르께서도 아시다시피 레스토랑이 손님에게 예약을 펑크 내는 건 바람직하지 않지요. 게다가 아까도 왕세제님 요리를 하느라 손님들에게 펑크를 낸 상황이라서……."

─하지만 폐하께서는 뭐든 왕림하시면 다 전세 내는 스타일이라서…….

"그러시다면 다음 번 기회에 뵙겠습니다. 내실 하나 정도는 어떻게 내드릴 수 있지만 전체는 곤란합니다."

민규가 잘라 말했다. 오후 손님들 중에 내일 아침으로 옮긴 예약도 있었다. 또 한 번 펑크를 내는 일은 있을 수 없었다.

─잠깐만요.

나씨르가 잠시 통화를 멈췄다. 아랍어가 들려왔다. 그러더니 나씨르의 통화가 이어졌다.

─의외로군요. 폐하께서 수락하십니다. 뭐든 셰프의 뜻에 따르겠답니다.

대왕세제가 초빛으로 납시게 되는 순간이었다.

3. 상습녀의 모략

"네? 왕세자님이요?"

알로에를 손질하던 재희가 발딱 고개를 들었다. 알로에는 감자와 함께 섞어 알로에감자전을 만들 재료였다. 맛도 부드럽지만 꿀피부를 만드는 데 좋았다. 건조한 곳에서 자라는 식물의 특징이었으니, 알로에가 그랬다. 진액을 머금고 있기 때문이다. 다만 성질이 차가우니 몸이 냉한 사람은 가리는 게 좋았다.

"왕세자가 아니고 왕세제."

옆에 있던 종규가 정정을 해주었다.

"왕세자면 왕세자지, 왕세제가 뭐?"

"그쪽은 형제상속제란다. 아들이면 아들 자, 형제면 형제 제자."

"어머, 신기하네?"

재희 눈이 휘둥그레졌다.

"그러니까 진짜 왕자님이 오신다는 거네?"

황 할머니도 호기심이 발동한 듯했다.

"네, 곧 수행원들이 와서 체크를 한다고 합니다."

민규가 답했다. 요리는 민규에게 맡기지만 왕세제의 안녕을 위해 점검이 필요하다는 연락이 왔다. 영부인이 올 때도 그랬으므로 수락해 주었다.

"시간은 내일 아침 식사, 장소는 내실 끝 방을 내주었는데 변경이 될지는 모르겠습니다."

"우와."

"재희."

"네?"

"아랍에미리트의 왕세제님은 할랄요리를 드시는데?"

"······!"

민규의 한마디에 재희 표정이 굳어버렸다.

비건, 코셔, 할랄, 하람······.

거기서 거기 같은 단어들이 머릿속에 안개를 뿌린 것이다.

"누가 설명해 볼까? 어떻게 다른지?"

민규의 시선이 종규와 재희를 번갈아 겨누었다.

"비건은 채식주의자, 코셔는 돼지고기 금지, 할랄은 소고기 안 먹기? 으아, 해골 복잡해."

기억을 더듬던 종규가 몸서리를 쳤다.

"재희는?"

"비건은 채식주의자인데 채식에도 여러 단계가 있고요, 코셔는 유대인에게 허용되는 식재료, 할랄은 무슬림에게 허용되는 식재료예요. 하람은 할랄의 반대 의미로 금지된 식재료고요."

"좋아. 수박 겉을 핥았으니 안으로 들어가 볼까?"

"할랄은 코셔에서 비롯되었다고 볼 수 있는데요, 육류는 소, 양, 염소 등 되새김질을 하는 동물, 발굽이 갈라진 고기만 먹습니다. 하지만 돼지는 금지인데요, 발굽은 갈라졌지만 되새김질을 하지 않기 때문입니다. 어류로 가면 지느러미와 비늘을 가진 것만이 식용의 대상이며 미꾸라지와 장어 등은 지느러미가 있지만 비늘이 없어 돼지처럼 금지 항목이 되었습니다. 나아가 조류는 닭, 오리, 칠면조 등은 허용되지만 야생과 육식을 하는 조류를 금하고 있습니다."

재희의 설명에 점점 탄력이 붙었다.

"코셔와 할랄에서 중요한 건 돼지인데요, 양쪽 다 관련 음식을 금지하고 있어요. 돼지의 '돼' 자만 들어가도 안 되는 정도라서 육수에 돼지 뼈나 분말을 넣는 것도 허용되지 않는 걸로 알고 있습니다."

"계속⋯⋯."

"다음은 알코올인데 코셔에서는 알코올을 허용하고 할랄은 금지예요."

"종규도 기회 좀 줄까?"

재희가 일방통행을 하자 민규가 종규의 투쟁 의식을 자극했다.

"그럼 나는 채식에 대해⋯⋯."

종규도 목청을 가다듬고 나섰다.

"채식주의에도 종류가 많은데 SS등급은 프루테리언, 이들은 극단적 채식주의자로 식물의 생명까지 존중하는 사람들. 따라서 식물 중에서도 땅에 떨어진 열매만 드시는 스타일. 그다음이 S등급으로 비건, 이들은 식물성식품만 짭짭하셔."

"⋯⋯."

"다음이 락토 베지테리언인데 채식 플러스 유제품과 꿀 정도는 먹어주시는 분들. 우유, 치즈, 버터까지는 허용하신다네."

"⋯⋯."

"그다음이 오보인데 채식에 동물의 알까지는 드셔주시는 분들. 주로 계란에서 단백질을 보충!"

종규도 제법이었다. 탄력을 받으니 재희 못지않게 밀어붙였다.

"그리고 락토 오보 베지테리언, 채식에 동물의 알과 유제품까지 냠냠하시지. 뭐 이 정도 먹으면 고기 안 먹어도 될 것 같고… 그다음이 페스코인데 이분들은 해산물까지도 흡수하셔."

"……."

"그 외에 폴로가 있는데 붉은 살의 육류만 금지. 닭고기나 오리고기 정도는 먹어주니까 이쯤 되면 채식주의는 아니겠지? 마지막으로 플랙시테리언이 계신데 채식을 애호하지만 경우에 따라 육류도 드시는 분들."

종규의 설명이 끝났다.

재희와 종규, 매사에 키를 겨루며 정진하고 있었다. 이만하면 거의 완벽한 편이었다.

"좋아. 그럼 왕세제님은 할랄이니까 어떤 준비가 필요할까?"

민규가 실전 질문을 던졌다.

"뭐 돼지고기하고 술만 조심하면 되겠네?"

종규가 말했다.

"재희는?"

"제 생각에도……."

"얘들 봐라. 방금 전에는 폭주를 하더니 아주 입만 살았네?"

"……."

"진정한 마음으로 할랄요리를 하려면 선행되어야 하는 게 있잖아?"

"······?"

"오늘 밤 마지막 예약 손님의 요리가 끝나면 주방 도구 전부 새것으로 바꿔서 세팅하도록. 국자부터 칼, 도마까지. 그래야 할랄식이지, 그동안 돼지고기도 썰고 끓이고 한 걸로 할랄 재료를 다루면 그게 할랄이야?"

"······!"

민규의 불호령에 정신이 번쩍 드는 재희와 종규. 이래서 실전 경험이 중요한 것이다.

자글자글!

알로에감자전이 팬 위에서 노릇하게 익어갔다. 왕세제는 어떤 요리를 원할까? 살짝 긴장이 되었다. 민규는 이런 느낌이 좋았다. 손님이 오는데 아무런 감흥도 없다면 좋은 요리를 하기 힘들다. 손님 하나하나마다 요리에 대한 긴장감이 필요했다.

왕.

왕자.

재희의 반응처럼 '영부인'이나 '대통령'과는 좀 다른 어감이었다. 두 단어들은 너무 익숙하지만 왕자나 공주는 이제 희소했다. 영부인이나 대통령은 날마다 방송이나 신문에서 보지만 왕자는 그렇지 않았다. 그렇기에 단어 안에 로망 같은 게 깃들어 있었다.

"형, 할랄 식재료 도착."

종규가 주방으로 들어왔다. 다시 주문한 할랄 인증 식재료
가 도착한 것. 재료를 펼친 민규가 여덟 가지 판별력을 출격
시켰다. 해썹(HACCP)이든 할랄 인증이든 상관하지 않았다. 그
모든 것은 최소한의 요건이지 맛과 품질에 대한 무한 보증은
아니었다.

"……!"

지켜보는 종규와 재희도 숨을 죽였다. 이 순간의 민규는 추
호의 빈틈도, 흐트러짐도 없었다. 일부 식재료들이 줄줄이 쓰
레기통으로 던져졌다. 할랄의 요건은 갖췄지만 민규의 요건에
는 불합격이었다. 그걸 예상하고 넉넉하게 주문했기에 내일 만
찬을 감당할 정도는 되었다.

"됐다."

민규가 손을 털고 일어섰다. 재희와 종규는 그제야 날숨을
쉬었다.

정리가 끝나자 내실을 점검했다. 예약된 사람은 여덟 명. 왕
세제와 대사가 한 테이블이고 나머지가 두 테이블… 끝 쪽에
딸린 내실이니 복도에 칸막이를 두면 자연스럽게 분리될 구조
였다.

여덟 명.

아랍인 복장의 손님 여덟 명이 앉아 있는 광경을 머리에 그
렸다. 영부인을 위시해 수많은 사람들이 다녀간 약선요리의
요람. 그 자리에 왕손이 왕림하는 것이다. 하지만 지금은 권필

이나 이윤의 시대와 달랐다. 왕세제는 존엄하지만 간과 쓸개까지 빼고 맞이할 시대는 아닌 것이다.

'당신에게……'

한국 약선요리의 진수를 보여 드리지.

민규의 눈에는 우려 대신 신념이 가득했다. 숙주의 목숨을 좌우하는 왕의 눈길보다도 강철 같은 묵직함이었다.

아침부터 바빴다. 약선죽도 죽이지만 예약이 밀린 손님들도 있었다. 별수 없이 연못가에 테이블을 두 개 더 펼쳤다.

"선배님."

손님을 치르는 동안 후배들 셋이 도착했다. 왕세제 일행의 안내와 정리가 필요해 요청을 했다. 차미람이 바빠 동기 셋을 보내주었다. 그들에게 할 일을 설명해 주었다. 그 와중에 문화체육부 장관에게서 전화가 왔다.

"심사 위원이요?"

뜻밖의 제의였다. 문화체육부가 특별한 청년 요리 대회를 연단다. 장관은 간곡했다. 궁중요리와 약선요리의 진작을 위해 민규의 협조가 필요하다며 대놓고 딜을 던졌다. 거절하면 영부인에게 청탁할 거라는 협박도 따라왔다.

"깜냥은 아니지만 맡아보도록 하죠."

별수 없이 수락을 했다.

왕세제가 오기 한 시간 전.

오전의 광풍이 끝나가고 있었다. 민규는 아침 예약의 마지막 손님을 맞이했다. 다섯 살 딸에 친정어머니, 그리고 여동생을 데리고 온 주부였다.

30대 후반, 파격적인 옷차림이 눈길을 끌었다. 가슴이 훤히 엿보이는 상의에 팬티 라인이 드러나는 밀착형 원피스였다. 길이도 짧아 자리에 앉으면 속옷이 드러날 것 같았다.

여기서 초대형 사고가 터졌다.

주부는 별것도 아닌 곳인데 예약이 까다롭다며 테이블에 앉기도 전에 짜증부터 부렸다. 고집도 강했다. 어린 딸이 피부병이 심해 긁어대는 걸 본 민규, 딸에게 적합한 요리를 권했지만 주부는 일방통행으로 나왔다.

"제 딸은 제가 알거든요. 오늘 병원 가는 날이니까 참견 말고 주문대로 주세요."

사무적인 목소리에는 냉소가 바글바글. 요수를 서비스로 내주자 슬쩍 밀어내고 가져온 텀블러를 열었다.

"난 커피 체질이에요."

보란 듯이 냉커피를 마신다. 그녀의 체질에 맞는 것도 아니었다. 할 말이 없었다. 도도한 건지 싸가지가 없는 건지, 그도 아니면 둘 다인지……

한 가지 확실한 건 진상과 중에서도 고학년에 속한다는 사실이었다.

그래.

이런 손님도 있고 저런 손님도 있지.

왕세제 맞이가 가까워지고 있는 시간. 스트레스는 받지 않기로 했다.

"알겠습니다. 따님에게는 제가 따로 서비스를 드리죠."

이해하고 돌아섰다.

왕세제의 한국인 안전 요원들이 도착했다. 혹시 모를 일을 위해 상의된 일이었다. 그들은 전체 구조와 왕세제의 내실을 살피고 각자의 위치에 자리를 잡았다. 크게 표시는 나지 않았다. 정작 표시가 난 건 기자들이었다. 어떻게 알고 왔는지 세 명의 기자가 도착했다. 민규를 취재했던 요리 전문 기자도 있었다. 방송국의 정보력은 여전히 막강해 보였다.

"저희는 신경 쓰지 마십시오. 왕세제 식사가 끝나면 몇 가지 묻고 돌아갈 겁니다. 그러니 셰프님은 그저 요리만."

기자가 먼저 가이드라인(?)을 알려주었다. 이래저래 분주해지는 시간, 진상 손님이 결국 트러블을 일으키고 말았다.

"셰프님."

재희가 그 소식을 가져왔다.

"왜?"

후식을 준비하던 민규가 고개를 들었다.

"손님이 셰프님을 데려오라고……."

재희 얼굴이 난감해 보였다. 이미 싫은 소리를 들은 모양이었다. 손을 닦고 테이블로 향했다. 민규를 본 주부가 다짜고

짜 말했다.

"이거 바꿔주세요."

그녀가 밀어낸 건 약선쑥단자였다. 세팅이 엉망이다. 손님 중에 누군가가 만졌다. 인증 샷을 찍어야 하는데 모양이 흐트러졌으니 구도가 좋지 않은 것이다.

"뭐가 문제죠?"

민규가 모른 척 물었다.

"보면 몰라요? 엉망이잖아요? 인터넷 보면 한 가지 요리도 예술처럼 담아낸다던데 사람 차별하시나? 아니면 광고만 예술?"

염장은 제대로 질러댔다.

"……."

"바꿔주세요. 아니면 제대로 세팅해서 가져오시든지. 이게 뭐예요?"

그녀가 접시 끝을 들었다 놓았다. 쑥단자 하나가 데굴, 길을 잃고 테이블 위에서 굴렀다.

"그러죠."

군말 없이 접시를 집어 들었다. 작심하고 흠을 잡는 사람과 할 일은 싸우는 것뿐. 하지만 다른 손님이 많으니 그럴 수는 없었다.

"새것도 별거 없네. 하여간 요즘 포샵이 문제라니까. 동영상이나 사진으로 볼 때는 왕족이 먹는 것 같더니……."

새로 가져온 쑥단자에도 괜한 시비를 걸었다.

"엄마, 나 가려워."

바짝 붙어 있던 딸이 옷을 걷어 올렸다. 얼마나 긁었는지 눈물은 글썽, 팔뚝과 몸통에는 손톱자국이 고속도로로 나 있었다.

"아유, 또 긁었네? 엄마가 참으랬잖아?"

주부가 아이를 무릎에 앉혔다.

"긁어줘."

"안 돼. 수도에 가서 물수건으로 씻자. 그럼 시원할 거야."

싸가지 상실 주부가 아이를 안고 화장실로 향했다. 싸가지는 실종된 지 오래지만 그래도 딸에 대한 애정은 각별한 모양이었다.

"이봐요. 여기 물수건 좀 가져다줘요. 깨끗한 걸로."

화장실 문을 연 여자가 민규에게 소리쳤다. 재희와 종규가 멀리 있기에 민규가 가져다주었다. 그걸 넘겨주는 순간, 복도로 나오던 여자가 문턱에 걸렸다. 민규 쪽으로 중심을 잃기에 어깨를 잡아 세워주었다. 거기서 사고가 터졌다.

"까악!"

주부가 비명을 지른 것이다.

"까악, 이 인간이 어딜 만져?"

갑자기 가슴을 방어하며 목청을 높이는 주부. 놀란 민규가 고개를 들자 찢어질 듯한 목소리는 더욱 높아졌다.

"야, 이 인간아? 너 변태야? 유명하다는 셰프가 이게 무슨 짓이야? 애 보는 앞에서 가슴을 찔러?"

"언니, 왜 그래?"

소리를 들은 동생이 다가왔다.

"저 인간… 경찰 불러. 저 인간이 나를 성추행했어. 물수건을 주는 척 내 가슴을 찔렀다고!"

주부의 목소리가 앙칼지게 높아졌다.

"오햅니다. 나는 그저 손님이 넘어질까 봐……."

"가슴 찔러놓고 무슨 헛소리야?"

주부의 독기는 까치독사의 그것보다 순도가 높았다.

왕세제가 오기 한 시간 전.

소란이 일자 약선죽 단체석에서 몇 사람이 구경을 왔다.

성추행!

그 행위에 대해 지위 고하를 막론하고 가차 없어진 사회 분위기. 설령 결백하여 그 결백을 밝힌다고 해도 엄청난 파국을 각오해야 하는 일… 왕세제에게 한국 요리의 자부심을 보여주기도 전에 엉뚱한 위기에 봉착하는 민규였다.

"뭐 해? 빨리 경찰 부르지 않고?"

주부가 동생을 닦아세웠다.

"알았어."

동생이 테이블로 뛰었다. 그녀의 핸드폰은 테이블에 있었다.

"아이고, 별일이네. 유명한 음식점이라더니 여자 손님 가슴이나 주무르고……."

가재는 게 편이라, 늙은 어머니도 민규를 성토하고 나섰다.

"손님, 무슨 착각 아닐까요? 우리 셰푸님은 그런 사람이 아니에요. 이 늙은이가 보증합니다."

"이것들이 어디서 수작이야? 할매미는 끼어들지 마."

황 할머니가 다가와 읍소를 했지만 돌아온 건 개무시뿐이었다.

"형……."

그제야 달려온 종규도 울상을 지었다. 사태가 너무 심각하니 말조차 잇지 못하는 것이다.

"이게 어떻게 된 일입니까?"

밖에 있던 기자들까지 소동에 합류를 했다.

"혹시 기자님들이세요?"

주부가 물었다.

"예, 그렇습니다만……."

"어휴, 마침 잘 오셨어요. 이 인간, 이 일 좀 기사로 써서 매장시켜 주세요. 애가 아파서 정신없는 사람을 성추행하다니… 애 딸린 저한테도 이러니 여기서 당한 여자가 한두 명이겠어요? 어쩐지 아까부터 자꾸만 가슴을 힐금거리더라니……."

주부는 울먹이며 가슴팍을 조신하게 저몄다. 과시하듯 드러내던 아까와는 다른 모습이었다.

"오해입니다. 문턱에 걸려 쓰러지려는 걸 잡아주기는 했어도 가슴에는 닿지도 않았습니다."

민규가 결백을 호소하자…….

"닥쳐. 너 같은 건 콩밥 좀 먹어봐야 해. 싹싹 빌면서 합의하자고 해도 봐줄까 말까 한 판에 어디서 오리발이야?"

다시 표독함이 작렬했다.

"여기 CCTV는 없습니까?"

기자가 말했다.

"없습니다. 여자 화장실 쪽이라 오해의 소지도 있고 해서……."

민규가 답했다.

"오해 좋아하네? 이런 짓 하려고 일부러 안 달았겠지."

주부가 악을 썼다.

"언니."

그사이에 동생이 핸드폰을 들고 돌아왔다.

"빨리 걸어. 상습 성추행범, 아니, 어린아이와 함께 있는 여자까지 건드리는 악질 성추행범 잡았다고……."

주부가 기세를 드높일 때 민규의 여자 후배가 다가왔다.

"저기……."

"미안하지만 할 말 있으면 나중에… 보다시피 지금 상황이 좀 복잡하거든."

민규가 후배에게 말했다.

"그게… 저한테 영상이 있어요."

후배가 핸드폰을 내밀었다.

"영상?"

"예. 아직은 할 일이 없어 저쪽에 있었는데 이분이 화장실 앞에서 여기저기 살피더라고요? 얼마 전에 동 민원센터 화장실 몰카 사건을 들은 적이 있어 저분도 여자다 보니 그런 거 의식하나 싶었는데 화장실 안도 아니고 복도에서의 행동이 좀 이상하길래 호기심에 찍었어요."

"동영상?"

"죄송해요. 제가 동영상 찍는 게 취미다 보니……."

"그럼 손님이 나올 때까지 다 찍은 거야?"

"네."

"말도 안 돼. 내 허락도 없이 몰카까지 찍었단 말이야? 이것들이 완전 미친 거 아냐?"

주부는 후배까지 싸잡아 몰아붙였다.

"그럼 학생은 현장을 보고 있었다는 거네?"

기자가 후배를 바라보았다.

"네."

"목격자로서 어때요? 손님 주장이 맞나요?"

"아뇨. 셰프님이 옳아요."

"뭐야? 이것들이 이제는 서로 짜고 사람을 거짓말쟁이로 만드네. 야, 당한 건 난데 니가 무슨 참견이야? 너도 여자

맞아?"

후배의 대답이 나오기 무섭게 닦달을 하는 주부.

"일단 동영상부터 확인해 봅시다. 그런 다음에 얘기하는 게 좋겠네요."

기자가 노트북을 꺼냈다. 여럿이 볼 수 있도록 화면을 연결했다. 영상이 나오기 시작했다. 후배의 말이 옳았다. 아이를 안고 화장실 앞으로 온 주부. 수상하리만치 앞과 뒤, 머리 위의 천장을 살폈다. 나중에 안 일이지만 CCTV의 유무를 확인한 것이다. 잠시 후에 화장실 문이 열리고 주부가 보였다.

"물수건 좀 가져와요."

주부 목소리가 들렸다. 민규가 다가와 물수건을 내밀었다. 바로 그때였다. 주부의 발이 문턱에 걸리며 휘청 중심을 잃었다. 민규가 그녀의 어깨를 잡았다. 문제의 장면이었다.

"여기로군요."

기자가 화면을 세웠다. 화면을 키우고 뒤로 한 장면씩 돌렸다. 민규의 손. 그 손은 어깨였다. 나머지 손은 아예 닿지도 않았다.

"셰프 말이 맞는데요?"

기자가 주부를 돌아보았다.

"말도 안 돼. 분명 내 가슴을 찔렀다고요."

주부가 버럭 소리쳤다.

기자가 화면을 다시 조절했다. 주부의 가슴이었다. 문턱에 걸려 앞으로 쏟아지는 순간, 그녀의 가슴에 닿는 손이 있기는 했다.

"······?"

기자가 화면을 세웠다. 손··· 그건 딸의 것이었다. 얼굴과 팔뚝, 몸통 등을 닦고 나온 아이. 그래도 가려움을 참을 수 없었다. 얼굴을 긁으려고 손가락을 세운 찰라, 엄마가 흔들리자 본능적으로 엄마 가슴을 움켜잡은 것이다.

"······!"

주부의 낯빛이 흑색으로 변했다. 바로 그때 딸의 똘망한 한마디가 쐐기를 박아버렸다.

"엄마 가슴 내가 잡았어. 떨어질까 봐 무서워서······."

"······."

그 한마디로 어지럽던 장내가 쾌속 정리 되었다.

"뭐야? 이제 보니 여자가 사기꾼이네?"

"그러게. 장사 잘되는 집이니까 성추행으로 몰아서 거액의 합의금이라도 뜯으려 했나 보네."

"아휴, 생긴 것 좀 봐. 저게 애 엄마야? 기생이야?"

단체 할머니들의 분위기가 180도 바뀌었다.

"아!"

주부는 그 자리에서 의식을 놓았다.

"어머, 우리 언니··· 언니··· 언니··· 뭐 해요? 사람이 기절했잖아요? 빨리 119 불러줘요."

이번에는 동생이 호들갑을 떨었다.

"셰프님."

소란스러운 와중에 기자가 민규 팔을 끌었다. 그가 민규 귀에 놀라운 사실을 속삭여 주었다.

"······!"

민규가 소스라쳤다. 여자는 상습범이었다. 어디선가 본 듯 여자를 낯익어한 기자. 사건 기록을 뒤져 진실을 확인했다. 주부는 비싼 식당 등지에서 이물질이나 불친절을 트집 잡아 돈을 내지 않거나 만만찮은 보상금을 후리는 여자였던 것.

"경찰을 부르시는 게······."

기자가 의견을 냈다.

"고맙습니다. 제가 알아서 하죠."

민규가 답했다.

"빨리 119 안 불러? 우리 언니 죽을 것 같잖아요?"

악을 쓰는 동생 앞으로 민규가 나섰다.

"그냥 두세요."

"뭐라고요? 사람이 기절했는데 뭘 그냥 둬요? 당신은 피도 눈물도 없어요?"

동생이 도끼눈을 뜨며 대들었다.

"당신 언니, 기절 아닙니다. 미안하지만 꾀병이거든요?"

"꾀병? 아니면 어쩔 건데?"

"순단아, 엄마 좀 깨워줄래?"

민규가 딸에게 말했다. 유치원에서 뿔난 아이들을 달래던 그 내공이었다.

"……."

딸도 눈치는 있다. 그렇기에 잠시 망설였다.

"아, 종규야. 주방에 가면 탱자열매가루로 만든 요화삭이 있을 거야. 그것 좀 가져올래?"

민규가 지시를 내렸다. 딸의 가려움증을 위해 만들어둔 것이었다. 탱자열매는 자실. 7월에 딴 것을 햇빛에 말린 후 묵힌 것 중에서도 좋은 걸 골라두었다. 피부가려움증 저격 약선이었다.

"먹어봐. 가려운 게 싹 사라질 거야."

"정말요?"

"그럼. 내가 이런 거 전문가거든."

민규가 권하자 딸이 받아먹었다. 소화를 겸해 요수에 급류수 혼합물을 함께 먹였다.

"어때? 몸이 시원하지?"

"네, 정말 시원해요."

아이가 좋아했다.

"그럼 이제 엄마 깨워. 집에 가야지."

"알았어요."

딸이 주부를 향해 돌아섰다. 무엇을 하려는 걸까? 기자들도 궁금했지만 그 방법은 아주 간단했다. 엄마 겨드랑이 쪽으로 간 딸이 고사리손으로 간지럼을 태우기 시작한 것이다. 엄마와 아이의 놀이 중의 하나였다. 기절한 척하던 주부, 딸의 간지럼은 피하지 못했다. 결국 겸연쩍은 얼굴을 하고는 부스스 일어서게 되었다.

"죄송합니다. 제가 착각을……."

주부가 고개를 숙였다.

"아니, 이게 죄송하다는 말로 될 일이에요? 사람 누명을 씌워 사지로 몰아놓고… 이거 우리 영업에 얼마나 손해가 될지 알아요, 몰라요?"

"저런 년은 아주 콩밥을 먹여놔야 정신을 차리지. 야, 이년아. 허우대는 멀쩡해 가지고 뭐 우리 세푸님이 성추행범? 천벌을 받는다, 이년아."

상황은 완전 역전, 종규에 이어 황 할머니까지 길길이 뛰고 나섰다.

"제가 정리할 테니 각자 자리로 돌아가세요."

민규가 둘의 입을 막았다. 이제 왕세제가 도착할 시간, 이렇게 어수선한 모습을 보여줄 수 없었다.

"일단 우리 이모에게는 사과하세요. 아까 할매미라고 한 말, 인권침해입니다."

"죄송해요."

상황이 불리해진 주부, 황 할머니에게 고개를 숙였다.

"됐습니다. 방금 알아봤는데 식당에서 불미스러운 일을 자주 벌이셨더군요."

"……!"

"아닙니까?"

"……."

여자는 꿀 먹은 벙어리가 되었다. 현장을 딱 잡혔으니 할 말이 있을 리 없었다.

"다시는 이런 일 없기를 바랍니다. 아이 앞에서 약속하시겠습니까?"

"……."

"아니면 경찰을 부르겠습니다."

"알았어요. 다시는……."

"그럼 됐습니다."

상황을 종료했다. 행위는 괘씸하지만 민규의 이미지상 진상주부를 경찰에 넘기는 것도 바람직한 일은 아니었다.

테이블로 돌아간 주부가 가방을 정리하고 일어섰다. 그 앞에 계산서를 내밀었다. 주인이 손님을 배려할 의무가 있다면 손님은 먹은 요리의 값을 지불할 의무가 있었다. 용서하고 이해하는 것과는 별개의 문제였다.

"……!"

계산서를 받아 든 주부가 소스라쳤다. 생각보다 많이 나왔다는 눈치였다.

"따님의 약선요리가 추가되었거든요? 효과는 완벽한 것으로 알고 있습니다만… 그렇지?"

민규가 딸에게 찡긋 윙크를 보냈다.

"맞아. 나 이제 안 가려워. 셰프님이 주신 거 먹었더니 다 나았어."

딸은 민규 편이었다. 그 목소리는 녹음을 해두었다.

죄 없는 딸에게 초강력 레이저를 날린 주부가 카드를 내밀었다. 상큼하게 긁어주었다.

"가져오신 커피는 가져가셔야죠."

돌아서는 주부에게 텀블러를 내주었다. 안에는 아직 냉커피가 남아 있었다.

"아, 씨… 우리 형, 이럴 때는 마음에 안 든다니까. 저런 사기꾼을 그냥 보내? 명예훼손이나 무고죄로라도 처넣어야지."

종규가 툴툴거렸다.

"넌 이 형이 그냥 보낸 것 같냐?"

민규가 의미심장하게 웃었다. 민규의 시선은 그녀의 냉커피 텀블러에서 떨어지지 않았다. 초자연수는 34가지. 좋은 것도 있고 나쁜 것도 있다. 바쁘긴 하지만 맛을 보여주는 친절 서비스(?)까지는 잊지 않은 민규였다.

소동의 끝, 마침내 왕세제 수행원 차량들이 보였다. 머지 않아 왕세제와 본진 손님들 차량이 줄지어 시야에 들어왔다.

위치로!

위치로!

민규의 손이 분주하게 움직였다.

"......!"

세단 문이 열리고 왕세제가 나오자 민규 눈이 휘둥그레졌다. 아랍의 왕세제. 눈에 익은 고트라와 토브 복장이 아니었다. 넥타이를 매지 않은 양복으로 등장한 것. 왕세제뿐만 아니라 수행원 모두가 그랬다.

"당신이 이민규 셰프?"

키가 훌쩍 큰 왕세제가 다가왔다. 다행히 영어가 나왔다.

"모시게 되어 영광입니다."

"아흐마드 압둘라자데흐요."

왕세제가 칼칼한 목소리로 악수를 청해왔다. 인사를 나누며 가까이서 체질 리딩을 했다. 사진과 실물은 다를 수도 있기 때문이었다.

체질 유형─金형.

담간장─우수.

심소장─허약.

비위장─허약.

폐대장─허약.

신방광─양호.

포삼초─양호.

미각 등급—B.

섭취 취향—과식.

소화 능력—B.

리딩이 끝났다. 사진상의 리딩과 큰 차이 없이 심장, 폐, 비위의 기가 약한 것으로 나왔다. 다만 머리와 목의 혼탁은 사진보다 진한 편이었다.

"모시겠습니다."

민규가 내실을 가리켰다.

"메뉴입니다. 제가 오늘의 제철 재료로 준비하고 있습니다만 혹시 추가하실 게 있으면 신청하셔도 됩니다."

민규가 메뉴판을 건네주었다. 아랍어는 없지만 영어까지는 지원이 되는 메뉴였다.

"말씀드린 대로 셰프의 솜씨에 맡긴다고 하십니다."

분부를 받은 비서실장이 민규에게 말했다.

테이블에 앉은 손님은 예정대로 여덟이었다.

초자연수 3종 세트와 함께 말림 과일 종류가 먼저 출격을 했다. 왕세제는 물잔에 놀랐다. 물맛을 보고는 더 놀라는 눈치였다.

"노르데나우 약수보다 인상적인 맛이로군."

평도 제대로 나왔다.

"셰프님."

나씨르가 주방으로 나왔다. 짐작하던 일이었다. 좋은 셰프는 좋은 셰프의 주방이 궁금할 수밖에 없다. 그렇지 않다면 인간도 아니었다.

　"변변찮은 주방이지만 편하게 구경하십시오."

　민규가 주방을 가리켰다. 한쪽에는 식재료들이 가지런히 놓여 있고 또 다른 한쪽에서는 이미 여러 요리들이 진행되고 있었다. 식재료는 모두 할랄 인증 제품들. 칼도 새것이고 도마도 새것, 심지어는 찜기와 팬까지도 새것으로 깔아둔 민규였다.

　"작은 주방이지만 완벽하군요."

　나씨르가 웃었다.

　"중요한 건 왕세제님의 평가겠지요."

　"그렇기는 한데……."

　식재료를 살피던 나씨르, 거기서 미간이 확 구겨졌다.

　"왜 그러시죠?"

　"그게……."

　잠시 주저하던 나씨르가 상상치도 못한 발언을 이어놓았다.

　"죄송하지만 셰프의 레시피를 확인해야겠습니다."

　"레시피를 확인한다고요?"

　"예."

　"레시피 검증이 필요하다는 말입니까?"

　"그보다는 왕세제님께 금기시되는 식재료들이 포함되어 있어서 말입니다."

"……?"

민규가 시선을 들었다. 금기라니? 육류는 기껏해야 오리와
소고기, 양고기. 생선 역시 참조기가 전부였다. 나머지는 전부
채소와 과일이라 할랄이 아니라 코셔라고 해도 문제가 없을
재료들. 그런데 문제가 있다니?

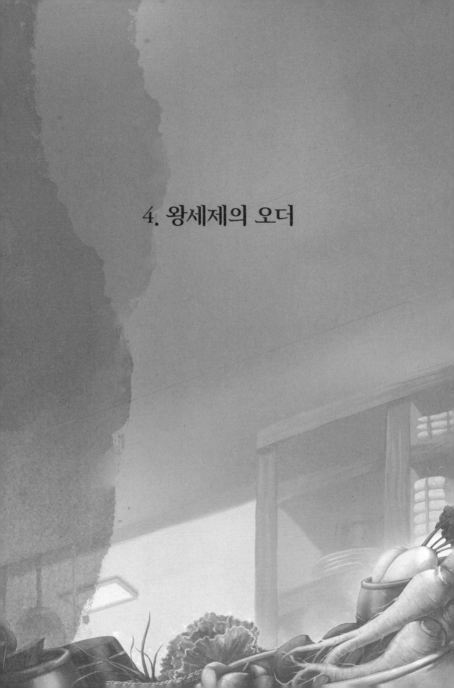

4. 왕세제의 오더

"나씨르 셰프? 뭔가 문제라는 건가요? 식재료는 모두 할랄 인증을 받은 것들이고 일부는 보다시피 100% 자연산 채소들입니다만……."

민규가 나씨르를 바라보았다.

"그게……."

나씨르가 문제의 식재료들을 골라놓았다. 땅콩과 토마토, 그리고 율무 등이었다.

"이건 할랄에서 허용하는 음식이 아닙니까?"

"그건 맞습니다."

"그런데 왜 문제가 된다는 겁니까?"

"우리 주치의 때문이죠."

"주치의?"

"테이블의 네 번째 자리에 앉은 사람입니다. 셰프가 요리를 가지고 가면 필경 식재료에 대해 물을 겁니다. 왕세제 폐하의 안위 때문인데 할랄에 위배되는 음식이 들어갔다면 물론이지만 위의 식재료들이 들어간 요리도 퇴짜입니다."

"……?"

"미국 명문 의대를 나오고 유수의 병원에서 15년간 전문의로 일하다가 스카우트된 분인데, '렉틴'과 '피틴산'에 민감하십니다."

"렉틴과 피틴산?"

"혹시 알고 계십니까?"

나씨르가 물었다.

렉틴.

요리 자료에서 본 적이 있었다. 렉틴은 현미, 토마토, 땅콩, 옥수수, 콩, 밀, 보리, 호박, 가지 등등의 채소와 과일 대다수에 함유되어 있는 성분으로, 단백질 복합체이다. 식물은 동물 포식자로부터 그들의 생존을 위해 렉틴을 만들어 스스로를 보호하고 있었다.

피틴산 역시 현미 등의 통곡물 껍질에 함유된 성분. 실제로 철과 아연, 칼슘 등의 흡수를 방해하고 몸 밖으로 밀어내는 작용을 하는 것으로 알려져 있다.

"렉틴의 독성과 피틴산의 미네랄 흡수 방해에 대한 우려 때문이군요?"

"그렇습니다. 우리 닥터가 그 연구를 주도한 사람 중 한 명이거든요."

"하지만 렉틴은 거의 모든 채소와 과일에 들어 있습니다. 위장에 큰 문제가 없는 사람이라면 가릴 필요가 없어요. 피틴산 역시 지나치게 과용하지만 않으면……."

"우리 닥터의 지론은 그 반대이기에 드리는 말씀입니다. 그래서 셰프의 주방 구경을 겸해 제가 나온 거고요."

"……."

"그중에서도 아까 말씀드린 땅콩과 토마토, 현미에 질색을 합니다. 그러니 그것들이 들어가는 요리는 재고하심이 좋을 것 같습니다."

"땅콩과 토마토… 요리 과정에서 렉틴의 농도가 잘 낮춰지지 않기 때문이군요. 현미는 껍질 때문이고?"

"제가 진작 말씀드렸어야했는데 병원에 있는 딸의 안부를 챙기다 보니 그만……."

"알겠습니다."

"도움이 되지 못해 죄송합니다."

"아닙니다. 큰 도움이 되었습니다."

"그럼 우선은 요리에 방해가 될 것 같으니 돌아가 있겠습니다."

나씨르가 돌아섰다.

"셰프님."

재희가 걱정스레 민규를 바라보았다. 영어를 잘하지는 못하지만 대략 알아듣는 재희. 무엇보다 땅콩과 토마토, 율무가 문제가 되는 건 눈치로도 알 수 있었다.

"……."

"땅콩과 토마토, 율무를 치울까요?"

"아니!"

민규가 잘라 말했다.

"하지만 방금……."

"토마토와 율무는 이미 요리 속에 들어갔어."

민규가 산삼떡과 약선오리탕 찜통을 돌아보았다. 산삼떡의 떡살에 현미를 넣었다. 그건 왕세제의 체질과 부합하는 식재료였다.

미국 의사의 주장.

나쁘지 않았다.

하지만 여기는 미국이 아니라 민규의 약선요리 주방이었다. 이 안에서의 모든 법은 민규의 통제하에 있었다. 민규는 직진으로 나갔다. 똥고집이 아니라 합리적인 이유가 있었다.

다닥다닥!

자글자글!

보글보글!

요리는 민규와 함께 달렸다. 조기 흰 살로 진주면을 만들고 그 살에 황금 코팅을 씌웠다. 싱싱해서 싹이라도 날 것 같은 곰취와 구운 토마토를 섞어 샐러드를 만들고 들기름을 뿌렸다. 올리브가 좋다고? 한국 주방에서는 들기름 또한 그 못지 않은 파워가 있었다. 더구나 들기름은 곰취와 황금 궁합이다. 곰취에 풍성한 탄수화물과 칼슘이 들기름의 막강 불포화지방산을 만나면 시너지가 극한에 달하는 것이다.

거기에 더하는 토마토의 붉은색. 보기에도 좋았다. 재료들이 상긋하게 화합하는 것만 봐도 간과 더불어 대장의 노폐물까지 뚫어뻥처럼 밀어낼 것 같았다.

비단두부를 고이 자르고 산삼현미떡 시루를 열었다.

화아!

푸근한 김이 태산처럼 피어올랐다. 산삼의 알싸한 냄새에 어우러진 꿀의 향이 미각세포를 유혹하느라 바빴다.

먹고 싶어……

민규의 미각이 유혹을 해왔다. 셰프도 인간인 것이다.

이 요리는 임자가 있는 것.

참아야 하느니라.

스스로를 달랬다.

오리탕이 나올 시기에 맞춰 상지죽을 쑤어냈다. 밖에서는 양고기 설야멱을 굽는 냄새가 진동을 하고 있었다. 종규 녀석, 이제 제법이다. 냄새만으로도 요리의 정도를 가늠하는 민규였다.

상지죽은 도토리죽이다. 따라서 도토리가루로 만든다. 과거에는 끼닛거리가 없을 때 주린 배를 채우기 위해 먹었다. 하지만 이제는 반대가 되었다. 고픈 배가 아니라 부른 배를 위해 상지죽이 요긴했다. 너무 많이 먹어 쌓인 식독을 쓸어내는 것이다.

공해 때문이다. 첨가물 때문이다. 농약 때문이다. 이 '때문이다'를 저격하는 게 바로 상지죽이었다.

도토리 속에는 '아콘산'이라는 해독제(?)가 들어 있다. 몸에 쌓인 못된 중금속을 배출시킨다. 더불어 뼈도 튼튼해진다. 참나무의 조직이 치밀하니 그 열매인 도토리 역시 치밀하며 뼈에 도움이 되는 것이다.

상지죽은 방법도 어렵지 않다. 도토리묵처럼 끓여내면 끝이다. 다만 물을 좀 넉넉히 부을 뿐이다. 민규는 요수와 쌀에서 얻은 죽물로 시작했다. 곰취토마토샐러드, 산삼율무떡 두어 조각과 함께 두 번째 코스로 내놓았다. 원래는 한국식으로 한꺼번에 상을 차리려던 민규. 나씨르의 말 때문에 한 단계를 더 넣기로 했다.

이 단계의 압권은 산삼율무떡이었다. 초록과 주황색을 물들인 두 층 위에 그대로 올려놓은 율무의 자연색은 파스텔의 느낌 그대로였다. 장식으로 올린 초록 샐러리잎 위에 장미 모양의 살구정과를 놓으니 더할 것도, 뺄 것도 없이 보석 덩어리가 되었다.

"오오!"

여기저기서 감탄이 나올 때.

"⋯⋯!"

수행 닥터의 눈에 벼락 불꽃이 일었다.

"셰프, 잠깐만요."

그 역시 영어로 민규를 불렀다.

"말씀하시지요."

민규가 답했다.

"이 요리에 토마토가 들어갔군요?"

그가 샐러드를 가리켰다.

"그렇습니다."

"여기에는 무엇이 들어갔나요?"

"도토리가루로 만든 수프입니다만⋯⋯."

"이건요?"

그의 손이 떡으로 옮겨 갔다.

"한국의 영약으로 불리는 산삼과 율무가루로 만든 코리아 케이크입니다."

"미안하지만 이 요리는 우리 폐하께서 드실 수 없습니다. 물려주십시오."

"⋯⋯."

"나씨르 셰프가 말을 전했다고 들었는데⋯ 이해하지 못한 겁니까? 우리 폐하는 렉틴이 과다하고 피틴산의 우려가 있는 식재료는 드시지 않습니다."

"……."

"요리가 훌륭해 아깝긴 하지만… 다른 요리를 부탁합니다."

말을 마친 닥터가 요리를 밀어냈다.

"닥터!"

듣고 있던 민규가 살포시 반격의 포문을 열었다.

"나씨르 셰프의 전달은 잘 받았습니다. 그럼에도 불구하고 요리를 강행한 데에는 이유가 있습니다. 송구하지만 설명드려도 될는지요."

"셰프!"

닥터가 발끈하자 왕세제가 그를 막았다.

"해보시오."

왕세제가 민규에게 발언권을 주었다.

"지금 나온 요리는 약선요리들입니다. 즉, 왕세제님의 몸 상태에 맞춰서 만든 요리입니다. 그러나 닥터의 신념에 맞지 않는다 하니 달리 궁리해 보았지만 그대로 강행한 건… 여기가 한국이기 때문입니다."

"그게 무슨 이유가 된다는 겁니까?"

닥터의 태클이 따라왔다.

"솔직히 렉틴에 대한 건 닥터만큼 알지 못합니다. 나씨르 셰프에게 들으니 닥터께서 그 분야의 전문가라고 하더군요. 그렇다면 닥터, 닥터는 한국의 약선요리에 대해 알고 있습니까?"

"뭐가 되었든 마찬가지입니다. 의학적으로 검증되지 않는 방법은 불가합니다."

"그렇군요. 그러면 닥터, 제가 왕세제님의 고질 감기를 고쳐드린 것은 어떻게 생각합니까?"

"……?"

"우연일까요? 그렇다면 나씨르 셰프의 구토는요?"

"……!"

"그것도 우연일 수 있을 것 같습니다. 하지만 한 가지는 분명합니다. 어쨌든 그 두 가지를 닥터가 자랑하는 서양의학에서 고치지 못했다는 것 말입니다. 맞습니까?"

"그, 그건……."

"나씨르 셰프에 대해서는 한국의 의료 수준을 말씀하실 수 있겠습니다만 저는 일부 분야를 제외하고 한국의 의료 수준도 세계적이라고 생각합니다. 그 단적인 예로 얼마 전에는 사우디아라비아에 이어 귀국에서도 분당서울대병원의 의료시스템을 도입한 걸로 압니다만……."

"……."

"사견입니다만 서양의학은 전체보다 원자화된 한 분야에 집중하는 경향이 강합니다. 쪼개고 또 쪼개서 그 부분만을 확대한다는 거죠. 본질을 찾아가는 점에서는 탁월하지만 전체를 유기적으로 보는 데는 인색합니다."

"……."

"렉틴과 피틴산……."

민규는 숨을 고르고 뒷말을 이었다.

"부정적인 면은 저도 조금 알고 있습니다. 하지만 긍정적인 면은 어떨까요? 그게 인류에게 치명적인 문제가 된다면 어째서 인간은 지금까지 그것이 함유된 식재료들을 널리 사용하고 있는 걸까요? 인간의 생체 시스템이 식물의 그것만 못해서일까요?"

"……."

"약선요리에는 음양이라는 이론이 있습니다. 그 또한 단적으로 보면 득과 실로 볼 수 있습니다. 그러나 음양은 기본 원칙이지, 불변의 것이 아닙니다. 음의 성질을 가진 식재료도 양의 처리를 하면 양이 되고, 양의 성질을 가진 식재료 역시 마찬가지입니다. 그렇다면 렉틴과 피틴산 역시 요리가 되는 과정에서 약해지고 중화되면서 큰 문제가 되지 않을 것으로 봅니다. 렉틴이나 피틴산이라는 물질만을 대량 섭취 하지 않는 이상 말입니다."

"셰프는 본질을 놓치고 있군요. 렉틴은 만병의 근원입니다. 그 독성 성분이 장내로 들어가면 염증반응을 일으킵니다. 그것은 비만에서 암까지 유발을 하는 원인 물질이란 말입니다. 피틴산의 해악 역시 그 못지않을 수 있지요. 그렇게 피상적인 생각으로 허용할 물질이 아닙니다."

닥터는 주장을 굽히지 않았다.

"그렇군요. 그렇지만 그 또한 약선의 의미로 보면 약간의 독성이 있는 식재료라고 해도 다섯 가지 색깔을 맞춰 먹으면 큰 탈이 나지 않습니다. 그게 바로 오색과 오미의 조화이니 인간이 실수로 약간의 독성이 있는 음식을 먹어도 문제가 되지 않는 이유이기도 합니다."

"검증되지 않은 위험한 주장입니다."

"그렇다면 닥터."

민규의 눈이 닥터를 겨누었다.

"뭡니까?"

"왕세제님의 목청 말입니다. 성문의 어딘가가 막힌 듯 탁하고 칼칼한데 의학적으로 어떻게 생각하십니까?"

"그건 폐하의 성음 특성이오."

"고칠 수 있습니까?"

"성대를 수술하면 당연히 바로잡을 수도 있지요."

"제가 보기엔 수술의 문제가 아니라 성대에 낀 공해의 찌꺼기 때문입니다. 간단한 청소로 숨겨진 미성을 찾을 수 있는데 수술까지 갈 문제는 아니라고 봅니다."

"셰프, 상상이 지나치오."

닥터가 강력한 견제구를 날렸다.

"지나치지 않습니다. 왕세제님께 필요한 건 이 곶감과 참깨 가루 약간일 뿐이니까요."

민규가 들어 보인 건 백시(白柿)였다. 백시는 홍시를 햇빛에 말린 곶감이다. 비위를 튼튼하게 하고 주근깨를 없애주지만 그 이면에 다른 능력이 있었다. 바로 목소리를 아름답게 하는 작용이었다. 참깨도 비슷했다. 다른 많은 효능에 더불어 목소리를 좋게 하는 효과가 있으니 함께 사용하면 금상첨화가 될 일이었다.

　"말도 안 되는……."

　"이걸 드시고 제 말이 증명이 된다면 상차림을 수용해 주시기 바랍니다. 증명은 당신들이 주장하는 정당성의 전매특허가 아닙니까?"

　"폐하는 당신의 실험을 받으실 신분이 아니오."

　닥터가 발끈하고 나섰다.

　"그렇다면 당신은 어떻습니까? 당신 목소리도 그리 맑지는 않은 편이니."

　"……?"

　"곶감은 당신이 정한 금기 식품도 아니고 하람도 아니지요. 게다가 당신 식성과도 잘 맞는 과일입니다. 아닌가요?"

　"……!"

　닥터는 토를 달지 못했다. 그가 감을 좋아하는 건 사실이었다.

　"드셔보시고 결정해 주시기 바랍니다. 사실 과거 한국의 왕실에서는 왕에게 나가는 약선을 충성스러운 신하들이 직접 맛을 보고 안전을 점검했습니다. 이 자리 또한 그와 유사하니 닥터께서 그 역할을 맡아주시기 바랍니다. 이는 왕세제님을 위한 귀한 요리를 그냥 물리고 싶지 않은 마음일 뿐입니다."

민규, 겸양의 자세로 닥터를 몰아붙였다. 이미 능력을 보여준 민규였다. 왕세제와 나씨르, 그리고 비서실장이 그랬다. 그 셋이 군말이 없는 상황. 더불어 한국 궁중의 예법까지 들이대니 피할 길이 없는 닥터였다.

'좋아.'

오기가 발동한 닥터가 참깨가루를 묻힌 백시를 받아먹었다. 목 넘김을 돕기 위해 내준 건 해독 효과의 지장수와 빠른 효과를 돕는 급류수였다.

"......!"

입안에 남은 잔맛을 다시던 닥터가 입놀림을 멈췄다. 목구멍의 저 깊은 곳, 그 심연에 박하사탕이라도 집어넣은 듯 시원한 느낌이 온 것이다.

"닥터, 어떠신가?"

왕세제가 아랍어로 물었다.

"......."

닥터는 입을 열지 못했다. 기분이 좋지 않았다. 어쩐지 민규 말이 맞을 것만 같았다. 하지만 그건 딱히 반가운 일이 아니었다. 많은 예비 각료들 앞에서 렉틴과 피틴산에 대해 설파

한 닥터. 자신의 주장이 틀리다면 이미지를 망칠 수 있기 때문이다.

"닥터, 폐하께서 묻지 않습니까? 말을 해보시죠."

비서실장도 아랍어로 재촉을 했다.

"그게……"

결국 닥터의 입이 열렸다.

"목이 시원하긴 합니다만 별다른 건……"

"오!"

닥터의 시답잖은 표정과 달리 주변 사람들이 일제히 반응했다.

"폐하……"

"다시 말해보시오. 이번에는 좀 크게."

"목이… 시원하지만 별다른 느낌은 없습니다."

"없다니요? 지금 그 목소리… 잘 들어보세요. 굉장히 맑아졌습니다."

비서실장이 외쳤다.

"예?"

"하긴, 자기 목소리를 자기 귀로 제대로 감별하기는 어렵지. 셰프님, 폐하께도 그 요리를 부탁합니다. 빨리요."

비서실장의 재촉이 나왔다. 이제는 닥터도 군소리를 못 했다. 한판 승부의 위너는 민규였다.

본격적으로 요리가 세팅되기 시작했다. 하나하나 테이블을 장식할 때마다 감탄이 들려왔다.

"오오!"

"화아!"

감탄은 동서양의 구분이 없다. 아랍인의 감탄도 크게 다르지 않다. 그러나 맛의 갈래는 동서양에 따라 갈라진다. 향도 달라진다.

향(香).

은은한 아카시아꽃이라면 떡으로 쪘을 때와 부각으로 튀겼을 때가 다르다. 갈아서 소스를 만들어도 다르고 비빔밥에 넣어도 다르다. 함께 섞이는 식재료와 반응하기 때문이다.

다른 요소도 있다. 맛에 대한 수용체, 즉 미각세포의 분포에 따라, 나이에 따라, 남녀에 따라, 그리고 인종에 따른 차이를 보인다. 예컨대 신맛 같은 경우, 서양인이 동양인에 비해 둔감한 편이다. 한국인이 시다고 느끼는 요리를 서양인은 맛나게 먹을 수 있는 이유다. 여기에는 분비샘도 한몫을 거들고 나온다. 겨드랑이의 아포크린 땀샘이 아시아인의 경우에는 적다.

―오색약선산야초초밥.

―맞춤형 궁중오리탕구이.

―궁중양고기설야먹.

―황금 코팅의 약선궁중진주면.

―약선꽃송이버섯깐풍기.

—약선연방만두.

—약선소방.

—장미, 국화, 연꽃의 궁중삼색화전.

—궁중비단두부.

—약선도라지더덕병.

—북어보푸라기.

—다진 소고기를 채운 죽순찜.

—약선애호박버섯찜.

—약선두릅쑥천초튀김.

—궁중오색부각.

—삼색꽃산병.

—호두가루에 굴린 송고병.

—야자대추약편.

요리가 세팅되는 동안 테이블의 감탄은 멈추지 않았다. 처음에 나온 육식류에서는 풍미가 주인공이었다. 첫 주자는 궁중오리탕구이였으니 민규가 새롭게 시도한 요리였다.

오리탕은 이윤의 주특기였다. 이윤이 누구인가? 동양요리의 아버지로 불리는 이윤과 팽조, 역아의 세 사람 중에서도 첫손에 꼽히는 인물이었다. 그가 만든 오리탕은 평가 불허의 깊이를 가지고 있었다. 천하의 깐깐한 미식가라고 해도 그의 오리탕 앞에서는 녹지 않을 수 없었다.

그 오리탕에 오늘의 명제를 해석해 넣었다.

건조 박살.

이 테이블의 공통 테마였다.

상조청기(上燥清氣).

중조증액(中燥增液).

하조양혈(下燥養血).

여덟 손님들은 건조한 나라에서 왔다. 아랍에미리트의 국토는 대부분이 몸의 수분을 날리는 사막이었다. 그렇기에 청량한 기를 머금은 식재로 상체의 건조함을 돌보고, 진액을 만들어주는 식재로 중심의 건조를 막고, 혈을 보하는 식재로 하체의 부실을 다스리는 메뉴 선정이었다.

"향미가 좋군."

왕세제가 흡족한 표정을 지었다.

"폐의 건조증을 물리치는 구기자, 백합, 더덕, 둥굴레 등의 자연산 약재에, 동량의 오리 한 마리를 넣고 끓인 후에 살을 발라 씨간장소스를 입혀 숯불에 구워낸 요리입니다. 샤프란 못지않게 맛도 좋지만 진액을 보충하고 건조를 막는 보양요리입니다."

민규가 설명을 이었다. 약선요리는 내력을 알고 먹는 것도 하나의 즐거움이 될 수 있었다.

이때의 요리는 음의 기운을 보하는 게 중요하다. 이는 정화수 하나로도 해결책이 되었다. 정화수는 음을 보하는 최고의 약수였다. 나아가 꽃송이버섯도 산삼과 함께 폐의 진액을 보충하고 스트레스를 없애며 정신을 맑아지게 하는 식재료. 만두소나 찜, 탕 등에 들어간 생강을 더하면 집중력까지 높아지게 하는 구성이었다. 진액은 주로 자윤 작용을 한다. 피부나 근육을 윤택하게 하고 과로나 노화로 인한 음허와 담습을 막아주는 것이다.

그러나 이번 테이블의 최고 백미는 누가 뭐래도 연방만두였다.

"아!"

여기에 나온 감탄은 짧았다. 그러나 굵었다. 최고의 감탄이라는 뜻이었다. 아련하면서도 청초한 느낌, 동시에 천년의 신비까지도 품은 연꽃. 어느 것 하나 버릴 것 없이 신비하지만 연방으로 만든 만두는 그 궁극이었다.

그 연방만두는 연자가루와 씨간장소스를 섞어 그려낸 수막새 옆에 놓여 있었다. 수막새는 신라 천년의 미소. 푸근하게 한국의 신비를 보여주는 장식이 아닐 수 없었다.

연방은 어린 연꽃의 꽃받침이다. 꽃받침은 꽃자루 맨 끝의 불룩한 부분을 가리킨다. 밑을 잘라내고 스펀지 느낌의 속살을 파내 양념을 마친 최상급 양고기 램을 다져 넣었다.

향은 변한다.

그 증거가 여기에 있었다. 연의 아련한 향기가 양고기와 만나 맛깔스럽게 증폭된 것. 정말이지 그 어떤 요리의 풍미에도 뒤지지 않을 매력이 거기 있었다.

약선소방의 석류 자태 또한 신성불가침 수준이었지만 연방 만두의 자연미 앞에서는 한풀 꺾이고 있었다.

그 주변으로 꽃의 정원을 이룬 삼색화전과 사색꽃산병. 생화를 그대로 올려 멋과 향을 살린 화전 옆으로 놓인 산병의 색은 빨강, 초록, 흰색, 검정이었다. 이 차례는 바로 아랍에미리트의 국기였으니 손님들의 분위기도 제대로 살려놓았다.

그러나 민규의 테이블 구성에는 또 하나의 포인트가 있었으니 바로 대추야자약편이었다. 대추야자는 중동에서 들여온 것. 약편의 모양은 아랍에미리트의 국화로도 불리는 Tribulus의 열매인 '못 세 개'의 삼각 형태. 그들에게 익숙한 메뉴였기에 또 하나의 즐거움이 아닐 수 없었다.

"끝났습니다. 마음껏 즐기시기 바랍니다."

금빛 찬란한 황금 코팅의 진주면을 개별로 놓아준 뒤 식사 개시를 알렸다. 왕제제가 포크를 잡았다. 젓가락이 필요한 요리는 하나도 없었다. 맛의 구성은 유럽식에 가까운 식성을 고려해 신맛에 단맛을 조금씩 올린 상황. 만한전석에 버금가는 구성은 여덟 손님들의 넋을 빼고도 남았다. 여기에는 민규의 데코레이션도 한몫을 했다. 대다수의 접시는 민규의 약선, 전통적인 궁중요리 세팅 기법을 썼지만 아랍에미리트인들에게 익숙한 노란 꽃 Tribulus의 이미지도 빼놓지 않은 것이다.

찰칵!

비서실장이 사진을 찍었다. 민규의 정성에 반한 왕세제의 지시였다.

찰칵!

사진 한 장마다 민규의 자부심이 묻어났다.

열여덟 치명적인 요리의 유혹.

왕세제.

과연 어떤 요리에게 첫 시식의 영광을 안길 것인가?

'꽃송이버섯……'

민규의 예상은 그쪽이었다. 건조한 폐를 윤택하게 하고 스트레스 해소에 정신까지 맑게 해줄 요리기 때문이었다.

왕의 자리를 약속받은 왕세제. 그러나 형제세습제이다 보니 왕관을 쓰기도 전에 늙고 있었다.

늙은 왕세자.

전생 권필은 그 마음을 알고 있었다. 직접 보기도 했고 전해 듣기도 했다. 심한 경우, 기다림에 지쳐 왕을 몰아내는 사람도 있었다. 정해져 있다고 해서 느긋할 수 없는 게 인간이었다.

하지만 왕세제의 포크는 양고기설야멱을 겨누었다. 납설수를 얼렸다 갈아낸 고운 얼음으로 식혀가며 구워낸 설야멱. 육식을 좋아하는 왕세제의 선택을 받는 건 당연한 일인지도 몰랐다.

"……!"

그의 포크가 첫 목표를 누르는 순간, 민규 눈이 살짝 출렁거렸다. 설야멱을 지나 꽃송이버섯간풍기를 점한 것이다. 푸짐하게 묻은 특제 소스와 함께 부드러운 꽃송이버섯이 그의 입안에서 천국의 연주를 시작했다.

'당신에게 34 초자연수의 요리를 허락합니다.'

'당신에게 특별한 3생의 혼이 깃든 요리를 수락합니다.'

운명 시스템의 공명 같은 소리를 중얼거리며 돌아섰다. 이제는 그들이 즐길 시간이었다.

"아아, 이건 금덩이를 담가놓은 듯한 자태입니다."

"이 고기는 육류 속에 크림이 든 듯 녹아버립니다."

"케이크는 색깔처럼 천국의 맛이로군요."

그들이 주고받는 감상 평이 민규 발을 따라왔다.

"셰프님."

민규가 주방으로 나오자 기자들이 달려들었다. 그때까지도 그들은 내실에 출입 금지였던 것. 그러니까 왕세제가 도착하는 사진을 찍은 것 말고는 실적이 없는 기자들이었다.

"약선요리에 대한 왕세제의 반응은 어떻습니까?"

"왕세제가 처음으로 먹은 요리는 무엇입니까?"

질문이 이어졌다.

"여러분."

민규가 입을 열었다.

"자세한 것은 식사가 끝난 후에 왕세제께 직접 물어보시기 바랍니다."

"셰프……."

"그분들이 발표하지 않는 한 제가 먼저 말할 수 있는 것은 아무것도 없습니다. 다만……."

"……?"

"제 생각에는 식사 후에 간단하게나마 여러분을 만나지 않을까 생각합니다. 물론, 제 요리에 만족한다면 말입니다."

민규의 옵션이 나왔다.

만족!

기자들은 그 말에 희망을 걸었다. 민규가 들여간 요리는 무려 20여 종. 냄새만으로도 밖에 있던 기자들을 흘려 버린 위엄이기 때문이었다.

"그럼 자리를 비켜주시기 바랍니다. 후식을 준비해야 하거든요."

민규가 나가는 문을 가리켰다.

─궁중산수유정과.

─궁중호도곶감말이.

─약선오미자화채.

─약선모과편.

─궁중제호탕.

마무리 후식이 들어갔다. 후식 또한 작은 정원이었다. 특히나 얼린 황도를 오려 Tribulus 꽃 모양으로 띄워낸 오미자화

채가 시선을 끌었다. 후식을 받아 든 왕세제와 일행들의 표정은 식사 전과 달랐다. 얼굴에 싱싱한 윤기가 도는 것이다.

"요리는 마음에 드셨습니까?"

민규가 왕세제에게 물었다.

"최고였소."

그가 엄지를 세워주었다. 칼칼함이 사라진 목소리는 친근함과 위엄이 동시에 서렸다.

"폐하께서 요리를 먹는 내내 셰프 칭찬을 하셨습니다. 이거야말로 신의 성찬이라고… 신에게 한층 더 가까워지는 기분 말입니다. 폐하처럼 저희도 그랬습니다."

비서실장의 표정도 밝았다. 구겨진 건 단 한 사람, 민규에게 렉틴의 태클을 걸어대던 닥터뿐이었다.

"꿈의 성찬이 아직 끝나지 않아 다행이군. 안 그런가?"

왕세제가 비서실장을 바라보았다.

"그렇습니다. 이 요리들 또한 영혼을 정화할 것 같은 느낌입니다."

"그래, 이건 또 어떤 의미를 가진 요리들이오?"

왕세제가 민규에게 물었다.

"이들 또한 몸에서 진액을 만들고 정기혈을 맑게 하는 약선 요리들입니다. 일단 모과편을 하나 드셔보시죠."

민규가 호두가루에 굴려낸 모과편을 가리켰다.

"어디……."

왕세제가 시식을 했다. 그는 전격적으로 눈을 끔뻑거렸다.

"하아……."

뒤를 이어 시원한 숨소리가 나왔다. 민규가 웃었다.

"이거……? 대사도 들어보시오."

왕세제가 대사에게 권했다. 앞자리의 대사가 모과편을 집었다. 그것을 맛본 대사. 그 역시 왕세제와 비슷한 표정이 되었다.

"이야……."

"그대들도 들어보시게."

왕세제가 측근들에게 말했다. 비서실장과 닥터, 나씨르 등이 일제히 시식에 들어갔다.

"……!"

그들 역시 왕세제와 비슷한 표정이 되었다.

"코가 시원합니다."

"위가 쫙 비워지는 느낌인데요?"

측근들이 소감을 쏟아냈다. 민규가 또 웃었다.

모과편.

'모과'라는 이름은 나무에 달린 참외를 말한다. 모과는 못난 과일이다. 그러나 생김새와 달리 매력덩어리다. 만날수록 진국이라는 사람이 있다면 모과가 그쪽에 속한다. 이 과일의 향은 치명적으로 독특하다. 시고 달고 쓰고 짜다. 여기까지 보면 오미자와 유사하다. 그러나 모과에는 따뜻하고 깊은 향이 있다. 설탕이나 꿀에 절여 청으로 쓰거나 차로 마시면 더

할 바가 없다.

민규가 만든 모과편은 정조지의 '모과환'을 응용한 요리였다. 모과환 레시피에 천초와 생강, 계피 등을 섞어 후식에 알맞도록 구성한 것. 그 노림수는 성공적이었다.

"산수유정과는 나쁜 기운을 쫓고 장수를 기원하는 요리입니다. 나아가 제호탕은 제왕의 음료로써 깨달음의 지혜를 얻는 차로 불립니다. 동시에 위와 장도 튼튼하게 만드니 번뇌를 비워주고 상큼함의 궁극에 드실 수 있을 겁니다."

민규가 제호탕을 가리켰다. 한 모금 들이켠 왕세제가 음미에 심취했다.

"과연 머리와 가슴이 청량해지는 느낌이오."

왕세제가 음식 소감을 밝히기 시작했다.

"셰프께서 혹시 서양요리도 잘하시오?"

"저는 약선요리사이니 잘하지 못하지만 더러 흉내는 냅니다."

민규가 겸손하게 답했다.

"내 평생 가장 기억에 남는 만찬은 프랑스 부르고뉴 성에서 접대받은 연회였소. 양고기와 송아지고기가 각각 32가지 조리 방식으로 나온 연회였지요."

"……."

"그 성은 원래 희대의 만찬을 치르기로 유명한 성이지요. 15세기 때, 공작과 왕녀의 결혼에서는 무려 고래 한 마리가 통째로 나오기도 했다오."

'고래 한 마리?'

민규 입이 쩌억 벌어졌다. 고래 한 마리라면 통이 큰 중국 연회조차 비교의 대상이 아니었다.

"그때 나온 요리 중에 양고기에피그람이라는 게 있는데 아주 고전적인 요리였다오. 아시오?"

"알기는 합니다."

"셰프의 양고기설야멱을 먹다 보니 생각이 났소. 혹시 요리가 가능한지요?"

"……?"

"가능하다면 셰프의 에피그람을 먹어보고 싶소만."

왕세제의 눈이 민규를 정통으로 겨누었다. 조금 전까지 푸근하던 눈빛이 아니었다.

네 능력의 끝을 한번 보고 싶다.

왕세제의 위엄이 말했다.

말하자면,

이게 왕세제의 진짜 오더였다.

양고기에피그람!

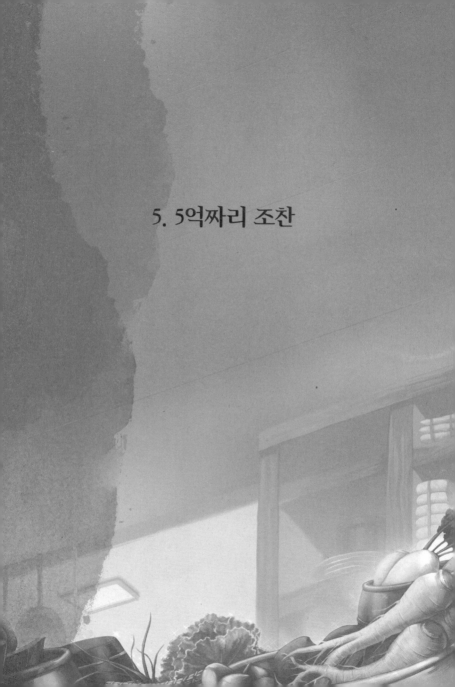

5. 5억짜리 조찬

"듣기는 했지만 잘하지는 못합니다."

민규가 솔직하게 답했다.

"괜찮소. 그대의 에피그람을 맛보고 싶소."

왕세제의 오더는 취소되지 않았다.

왕과 요리사!

그 관계는 민규가 잘 알고 있었다. 이윤과 권필의 생에서 느껴지는 기시감 때문이었다. 절대왕정에 있어 요리사란, 제아무리 신적인 요리 능력을 가졌다고 해도 왕이 원하는 요리를, 먹어보지 못한 요리를 대령하는 종에 불과할 수 있었다.

그렇다고 왕세제가 절대왕정의 왕족처럼 민규에게 명령을

한 건 아니었다. 형식상 요청이다. 다만 지엄할 뿐이었다.

"한번 해보기는 하겠습니다."

수락을 하고 물러났다.

못 합니다.

…라고 말할 수는 없었다.

왕세제.

사실 그는 많이 먹었다. 이미 포만감을 느낀 상태였다. 그러나 인간은 완벽하지 않으니 식욕의 경우에도 그랬다. 자동차의 연료통이나 배터리처럼, 꽉 차면 더는 밀어 넣을 수 없는 구조가 아닌 것이다.

밥 배 따로, 술 배 따로.

흔히 듣는 말이다. '밥 배 따로, 간식 때 따로'라는 말도 있다. 먹을 거 다 먹고 배를 두드리다가도 자신이 선호하는 음식이 나오면 또 먹을 수 있는 것. 그건 다른 배가 있어서가 아니라 '오렉신' 덕분이었다. 오렉신은 식욕을 주관하는 물질이다. 뇌의 시상하부에서 분비된다. 배가 부른 상태에서도 뭔가가 당기면 이 오렉신이 공간을 만들어준다. 십이지장과 가까운 위가 위축되면서 식도 쪽이 느슨하게 열리는 것이다. 이 작용은 또한 맛에 반응하는 도파민 때문이기도 했다. 도파민은 쾌감을 주관하는 호르몬이기에 맛있는 요리를 보면 콸콸 쏟아진다.

먹어라.

먹어라.

좋은 맛도 쾌감이었다.

"종규야, 양고기에프그람 레시피 좀 찾아봐라."

주방으로 나오며 종규를 불렀다. 검색 귀신 종규가 바로 결과를 대령했다.

"기원이 야리꾸리한 요리인데?"

종규가 고개를 갸웃거렸다.

"왜?"

"그게… 에피그람은 원래 '풍자시'라는 뜻이잖아? 이게 18세기에 시작된 요리인데 시기심 빵빵한 귀족 부인이 친구에게 들은 '멋진 에피그람을 즐겼다'라는 말을 요리로 착각하고 자신의 주방장에게 명령을 내리면서 시작된 요리래. 당장 에피그람 요리를 대령하렷다."

"오호, 나한테 딱 어울리는 에피소드인데?"

"형한테? 왜?"

"궁중요리 하면 대령숙수 아니냐? 지금 왕세제께서도 빨리 에피그람을 대령하라는 눈치시고."

"허얼, 형은 이 상황에 조크가 나와?"

"아니면 울까?"

"재료 챙겨 와?"

"그럼 고맙지."

"알았어."

종규가 식재료 창고로 뛰었다. 잠시 후 종규의 바구니에 담겨 온 건 새끼 양의 가슴살, 뼈째로 자른 등심, 계란, 그리고 빵가루였다.

"구울 거야, 튀길 거야? 레시피는 두 가지로 나와 있어."

"구워야지. 설야멱 먹다가 생각이 났다는 걸 보면 구이로 드셨던 것 같아."

신호를 받은 종규가 밖으로 나갔다. 숯불을 준비하는 것이다. 오늘 이 많은 만찬을 제대로 만들어낸 데에는 종규와 재희, 할머니의 협력이 컸다. 제아무리 민규라고 해도 짧은 시간에 혼자 만들기에는 요리 가짓수가 많았던 것. 그런 종규였기에 알아서 척척 움직이고 있었다.

'배가 부른 왕세제⋯⋯.'

그렇다면 조금 자극적으로 가는 게 옳았다. 이제는 약선보다 미식이 중요한 순간이기 때문이었다. 개운하면서도 풍후하고 깔끔한 맛.

신맛, 단맛, 매콤한 맛에 깊은 풍미의 담백함, 거기에 시각적 어필.

요리의 결은 정해졌다. 왕세제의 체질이 金형이었으니 체질이 원하는 매운맛과 화한 맛을 살려주는 쪽으로 가는 것이다.

요수와 정화수에 이어 납설수로 고기의 핏물을 잡았다. 후추에 더불어 꺼낸 무기는 제피였다. 서양이 샤프란이라면 민규에게는 제피가 있었다. 화한 향이 그만이니 주저 없이 뿌렸다. 두 번째 무기는 무화과. 거칠게 갈아 살에 발랐다. 그런 다음에야 엄선된 계란의 노른자를 덧발랐다. 계란은 빼놓을 수 없는 과정이었다. 마지막으로 빵가루를 버무렸다.

"준비 끝났슴돠!"

종규가 들어와 숯불 준비 완료를 알렸다. 여기서 동원한 민규의 석쇠가 마지막 승부수였다. 무화과나무와 사과나무 생가지로 즉석 석쇠를 만들어낸 것.

'초빛표 에피그람.'

빙그레 미소 짓는 민규 옆에 또 하나의 재료가 있었으니 바로 씨간장소스와 참기름, 그리고 납설수 얼음 가루였다. 초벌로 구운 고기를 흰 얼음 가루로 덮었다.

치이이!

연기와 함께 풍미가 진동을 했다.

다시 나씨르가 나왔다.

"냄새에 홀려서 왔습니다."

그의 눈은 민규 손에 있었다. 흰 눈가루에 빠졌던 고기가 모습을 드러냈다. 굽고 얼리고 녹이고… 나씨르가 모를 리 없는 광경이었다. 민규는 지금 최고로 부드러운 에피그람을 꿈꾸고 있었다. 그러나 도구나 기구는 하나같이 재래식. 양고기 에피그람의 기원을 아는 나씨르는 또 한번 경탄을 자아내고 말았다. 민규의 요리 해석이 귀신같았기 때문이었다. 더구나 왕세제는 배가 부른 상황. 그런 조건에서는 조금이라도 맛이 없으면 바로 포기하게 되는 것. 하지만 과정을 지켜보니 다른 걱정이 되었다.

왕세제의 과식.

과식형이라 이미 푸짐하게 먹은 상황. 그러나 추가 흡입 역시 피할 수 없는 코스 같았다.

할 수 없지.

나씨르가 혼자 고개를 끄덕였다.

치이이!

고기가 눈가루 속에 입수되는 과정이 반복되면서 풍미가 피어올랐다.

"특별한 얼음 가루 같군요. 어쩐지 신성함이 느껴집니다."

나씨르가 감을 잡았다.

"납설수라고 달을 기준으로 하는 음력의 맨 끝 달에 내린 눈이 녹은 물입니다. 그걸 다시 눈처럼 얼려 사용하지요. 맛이 달고 몸의 열을 다스리며 눈을 시원하게 합니다. 식재료의 제맛을 온전히 살려주기도 하고요."

민규가 얼음 가루를 내밀었다. 받아 든 나씨르가 맛을 보았다.

"하우!"

깊은 날숨이 저절로 나왔다. 청량한 맛 뒤에 따라붙는 아련한 감미가 일품이었다. 그가 납설수의 눈가루 맛을 보는 동안 요리가 끝났다. 상큼한 산야초소스를 듬뿍 뿌리고 에피그람을 올렸다. 그 머리에는 작은 소국과 통잣을 놓아 멋을 내고 주변에는 크고 작은 황금 알 10여 개를 장식해 품격을 높였다. 알은 재래 암탉의 배에서 나온 것들이었다. 탁구공만 한 것에서부터 은행알만 한 것까지 다양했다. 거기에 황금 코팅을 씌워놓으니 왕세제의 요리로 부족한 게 없었다.

"초빛의 양고기에피그람입니다. 왕세제님의 입맛에 맞기를 희망합니다."

겸양의 말과 함께 요리를 내려놓았다.

"오!"

왕세제의 맥이 탁 풀어졌다. 맛난 것을 보면 늘어지는 모습에 다름 아니었다.

"냄새부터 기가 막히군. 과연……."

"서양의 에피그람에 따랐지만 일부는 제 나름대로 해석을 했습니다. 드셔보시죠."

민규가 시식을 권했다.

"그런데 이 황금 알은 무엇이오? 에피그람에는 없는 것들이 오만?"

"그 알은 닭의 알이 되기 전의 것들입니다. 알은 본래 소원 성취의 의미가 있는 것이니 으깨서 소스와 함께 찍어 드시면 색다른 에피그람이 될 것으로 생각합니다."

"소원 성취라……."

왕세제가 황금 알 하나를 눌렀다. 파근파근하게 익은 안에서 나온 것 또한 황금이었다. 계란 노른자 역시 황금색이기 때문이었다.

황금 안의 황금.

소원 성취를 거푸 빌어주는 민규였다.

"……!"

가슴살 한 점을 문 왕세제, 몇 번 씹기도 전에 또 하나를 집었다. 미각을 사정없이 후려치는 맛의 홍수. 왕세제의 품위조차 망각할 지경이었다. 그러다 측근들의 눈빛을 보고서야 겨우 속도를 늦추는 왕세제.

이번에는 노른자가루를 묻혀 소스를 발랐다.

"……?"

그 맛은 더 기가 막혔다. 입안 가득 옥침의 집중 홍수가 몰아쳤다. 그렇잖아도 부드러운 고기에 노른자의 속삭임까지 깃드니 인내 불가의 맛이 되어버린 것. 다시 손이 빨라지는 왕세제였다.

허겁지겁!

그의 손길이 그랬다. 측근들은 왕세제를 방해하지 않으려고 빈 물잔을 계속 들었다 놓았다. 왕세제는 2인분에 해당되는 에피그람을 소스조차 남기지 않고 다 해치워 버렸다.

"기가 막히군. 서양 에피그람의 진미를 동양에서 느끼게 되다니."

입을 닦는 왕세제의 평은 대만족이었다. 그의 기쁨은 측근과 수행원들의 기쁨. 그들도 함께 웃었다. 민규 역시 웃었다. 손님이 행복하면 셰프는 닥치고 행복해지는 법이었다.

"셰프."

추가 요리까지 끝낸 왕세제가 민규를 바라보았다.

"예."

"잊지 못할 만찬이었소."

"과찬이십니다."

"보아하니 일찌감치 요리의 궁극에 도달한 경지인데 어떤 비결이 있는 것이오?"

'비결?'

"나는 여러 분야 명인들의 충언 듣기를 좋아한다오. 그대의 요리의 궁극 또한 무수한 역경과 시행착오를 거치고 이룬 것일 테니 그 경험을 내게 파시오."

"왕세제님."

"어려워 말고 말해주시오. 그대의 요리 철학이라면 나에게 도움이 되고도 남을 것 같소."

"그러시다면 왕세제님, 제 요리 중에서 어떤 것이 가장 기억에 남으시는지요?"

"솔직히 말해도 되겠소?"

"물론이지요."

"하얗고 긴 뿌리를 이겨서 지져낸 요리였소."

하얗고 긴 뿌리.

그건 도라지더덕병이었다.

"어째서 그랬을까요?"

"약간 쓴맛이 돌았소. 그래서……."

"그 요리는 폐와 진액 생성에 좋지만 혹시 모를 폭식을 우려해 끼워둔 브레이크 장치이기도 했습니다."

"브레이크?"

"우리 몸은 소우주와 같아 천인상응(天人感應)의 법칙에 따르면 해될 것이 없습니다. 제 요리의 기본 정신입니다."

"천인상응이라……."

"이는 하늘과 사람이 서로 응한다는 뜻이지만 우주 본연의 흐름, 즉 하늘의 도리를 말하는 것이죠. 달리 보면 자연의 순리와도 통하는 말입니다."

천인상응.

이는 이윤이 지은 책에서 음식의 기본으로 강조한 정신이었다.

"하늘의 도리에 따른다?"

"우리 몸은 오미와 육미의 어느 하나에 치우칠 수 없습니다. 치우치면 반드시 탈이 나지요. 그러나 그것들이 골고루 섭취되면 병이 나지 않습니다. 병은 그 흐름에 역행할 때 찾아오는 것이니까요."

"오!"

"나아가 제 스승이 되는 고문헌의 이야기를 예로 들면 그분들이 모셨던 왕들 역시 신하들과 조화를 이루는 왕은 위대한 업적을 쌓았고 독단 독재하는 왕은 말로가 아름답지 못했습니다. 그것은 역시 신하들의 쓴말을 귀담아듣고 수용하라는 뜻이니 오늘의 요리에 낸 도라지와 더덕병이 그 역할을 맡았던 것 같습니다."

"그렇다면 나는 오늘 좋은 군주의 재목이 아니었군요?"

왕세제의 기억이 도라지더덕병으로 옮겨 갔다. 다른 것은 다 비웠지만 그건 두 개나 남겼다. 게다가 왕세제가 먹은 건 하나뿐이었다. 나머지는 측근들이 맛을 보았던 것.

"송구합니다."

"이제라도 그걸 먹겠소. 버리지 않았다면 가져다줄 수 있겠소?"

"그러시면 다시 요리해서 바치겠습니다."

"아니오. 그게 신하의 고언이라면 그걸 먹어야지 새로운 요리는 새로운 고언이 아니지 않소?"

"……."

민규가 흠칫 흔들렸다. 왕세제의 말이 맞았다. 과연 왕족의 유전자는 뭐가 달라도 달랐다.

남은 요리는 그대로 있었다. 장식으로 놓았던 더덕꽃 생화도 그대로였다. 그대로 가져다 왕세제 앞에 놓았다. 왕세제가 다시 포크를 집었다. 그는 두 개의 병을 기꺼이 먹어 치웠다. 그런 다음 더덕꽃과 줄기조차도 주저 없이 먹어버렸다. 쓴말도 수용하겠다는 강력한 의지의 발산이었다.

"닥터!"

목 넘김을 끝낸 왕세제가 닥터를 바라보았다.

"예, 폐하."

"이 셰프의 말에 대해 어떻게 생각하시오?"

"타당한 것 같습니다."

"방금 전의 요리에 대해서는……."

"찾아보았는데 코리아의 더덕과 도라지의 약용 성분은 공인된 것으로 나왔습니다."

"그렇다면 내 생각에는… 처음의 논쟁 때 셰프에게 다소 무례했던 것에 대해 사과하는 게 옳다고 보는데……."

왕세제 말을 들은 닥터가 벌떡 일어섰다.

"아까는 제가 무례했습니다. 폐하의 명도 있지만 저 역시 공감하던 차였습니다. 렉틴에 대해 새롭게 생각할 수 있는 기회를 주어 고맙습니다."

닥터가 고개를 조아렸다.

"별말씀을… 저도 좋은 공부가 되었습니다."

민규도 함께 고개를 숙였다. 명령이 아니라 진심에서 우러나는 사과라 더 흐뭇한 민규였다.

"밖에 기자들이 있었지?"

정리를 마친 왕세제가 비서실장에게 물었다.

"예."

"아직도 있나?"

"그런 것 같습니다."

"들어오라고 하게나. 요리는 다 먹고 없지만 소감은 풍성하게 채워져 있으니."

왕세제의 목소리는 한없이 청명하게 들렸다.

"이 셰프."

기자들이 배석하자 왕세제가 민규를 불렀다. 기자는 모두 여섯 명. 회견을 수락한다고 하자 귀신처럼 세 사람이 늘었다.

"예."

"이분들에게도 아까 내가 마신 제호탕을 한 잔씩 부탁합니다. 나 때문에 오래 기다렸으니 좋은 차라도 한 잔씩 내고 싶소."

"……"

민규는 왕세제의 부탁을 따랐다. 그의 존엄을 위해 토 따위는 달지 않았다.

"기자 여러분, 폐하께서 질문을 받겠다고 하십니다만 이 레스토랑과 관련된 질문만 해주시기를 바랍니다."

비서실장이 가이드라인을 주었다.

"왕세제님."

기자들의 포문이 열리기 시작했다. 회견의 언어는 영어였다.

"오늘 여기 초빛에서 만찬을 즐기셨습니다. 한국에는 많은 요리점이 있는데 여길 선택한 특별한 이유가 있는지 알고 싶습니다."

"이 레스토랑을 선택한 건 셰프의 요리관 때문입니다."

왕세제가 답했다.

"요리관이라면? 구체적으로 알 수 있을까요?"

"셰프께서 말하길 천인상응이라고 했소. 그 단어에 대해서는 기자들이 잘 알 것으로 압니다."

"천인상응?"

기자들이 웅성거렸다.

"그렇다면 오늘 드신 요리 목록의 공개를 요청합니다. 저희가 기사로 다뤄도 되겠습니까?"

"물론입니다. 나는 최고의 요리를 먹었고, 최고의 요리는 굳이 비밀로 할 필요가 없습니다."

왕세제의 허락이 떨어지자 민규가 요리 목록을 돌렸다. 주문 오더에 기록된 것이므로 출력만 하면 되는 일이었다.

"오늘 드신 요리 중에서 가장 인상적인 것은 무엇이었습니까?"

"한두 개만 꼽기는 아까운 요리들이죠. 하지만 질문이 나왔으니… 개인적으로는 에피그람과 꽃송이버섯탕수였고 왕세제의 입장에서는 도라지더덕병이었습니다."

"도라지더덕병?"

목록표를 본 기자들이 소스라쳤다. 궁중요리와 약선요리에 대략적인 소양이 있는 기자들. 그렇기에 화려한 약선요리 차림표에 압도되던 참이었다. 그런데 그중에서도 가장 약해 보이는 도라지더덕병이라니?

"이유가 무엇입니까?"

질문이 꼬리를 이었다.

"그 또한 셰프의 요리관인 천인상응입니다."

천인상응.

기자들이 또 한 번 웅성거렸다.

"요리의 수준은 어땠습니까? 한국의 약선요리 말입니다."

"한국 요리를 다시 보게 되는 계기가 되었습니다."

"세계적인 요리 수준이라는 말로 이해해도 되겠습니까?"

"세계적인이 아니라 세계 최고급으로 고쳐주시기 바랍니다."

"……!"

왕세제의 지적에 기자들이 질린 표정을 지었다.

"약선요리의 매력은 무엇이라고 생각합니까?"

"그 또한 천인상응이지요."

"……?"

세 번째 나온 천인상응. 이제는 기자들도 웅성거리지 않았다. 이쯤 되면 단어 이상의 의미가 있다는 얘기였다.

"마지막으로 묻겠습니다. 죄송하지만 오늘 식사 비용을 공개할 용의가 있습니까?"

"물론입니다."

마지막까지 왕세제는 쿨했다. 기자의 질문에 일고의 고민도 없이 응수한 것이다.

"얼마입니까?"

"식사 비용은 1억입니다."

"1억?"

기자단이 출렁거렸다. 왕세제의 일행은 모두 여덟 명. 최고의 약선요리라고 해도 과한 비용이었다. 두당 천만 원을 호가하는 것이다.

"하지만 그게 다는 아닙니다."

"……?"

"셰프의 훌륭한 강좌료에 1억을 더 올려놓을 생각입니다."

"……!"

이번에는 민규까지도 꿈틀 흔들렸다. 요리 비용 1억은 대략 짐작하던 차였다. 그쪽에서 나온 말이었고 식사 과정도 흡족하게 끝났으니 약속을 지킬 가능성이 높았다. 하지만 강좌료 1억은…….

"왕세제님."

민규가 손을 들고 나섰다.

"아아, 죄송하지만 셰프, 지금은 기자들의 질문만 받습니다."

왕세제가 친근한 목소리로 민규를 막았다. 분위기상, 민규는 팔을 내리는 수밖에 없었다.

"그렇다면 2억인데 한 끼 식사 비용으로는 굉장하군요."

기자는 놀라움을 감추지 못했다. 하지만 왕세제의 계산은 아직 끝난 게 아니었다.

"기자께서 오해를 하시는군요. 제 계산은 아직 마무리되지 않았습니다만."

"……?"

"셰프는 이 이전에 다른 약선요리로써 나와 내 비서실장, 그리고 내 전속 셰프의 질병 퇴치에 큰 보탬을 주었습니다. 그 각각의 보답으로 3억을 얹어 5억을 지불할 생각입니다."

"5억?"

"으헉!"

단위가 '뻥' 튀겨지자 기자들이 넋을 놓았다. 민규가 다시 손을 들었지만 나씨르가 그 손을 막았다.

"폐하의 자존심 한번 지켜주시죠."

그가 민규 귓전에 속삭였다. 민규는 왕세제의 공언을 꼼짝없이 듣는 수밖에 없었다.

5억!

결국 왕세제의 배팅은 5억으로 끝났다.

이 기사가 나가기 무섭게 민규의 초빛은 또 한 번 광풍에 휩싸였다.

〈아랍에미리트 왕세제의 5억 약선 조찬〉
〈아랍에미리트 왕세제의 마음을 녹인 한국의 약선요리왕〉

〈아랍 왕세자의 5억 조찬이 궁금하다〉
〈UAE 왕세제의 5억 조찬 차림표〉
〈이민규 셰프, 입맛 까다로운 아랍 왕세제의 혼을 사로잡다〉
〈약선요리왕의 위엄, 아랍 왕족에게도 통하다〉

수많은 헤드라인 속에 한 문장이 우뚝했다.

〈5억의 숨은 비밀, '천인상응'〉

천인상응!

당장 검색어 1위에 올라 온라인을 볶아댔다. 정치전문가와 시사평론가들의 다양한 해설이 봇물처럼 쏟아졌다. 그들은 밑도 끝도 없는 말의 성찬을 만한전석처럼 늘어놓았다. 그래봤자 쓸데없는 추측의 '난무'에 불과했다.

그 아래쯤에 민규의 설명이 달렸다.

하늘의 도리, 땅의 도리, 인간의 도리, 요리의 도리.

간단히 말해서 도리였다. 하늘과 인간이 상응해야 매사 순조롭듯이 인간의 섭생 또한 음양오행과 제철 음식을 기본으로 한 오장의 조화를 강조할 뿐이었다.

아무튼 이날, 초빛의 전화기는 다시 내려졌다. 그러자 직접 찾아오는 사람들이 물결을 이루었다. 왕세제의 안내를 위해 불렀던 세 후배들은 늦은 밤까지 분주했다.

"아, 사람들 진짜……."

종규가 학을 떼자 민규가 그 정신을 바로잡아 주었다.

"즐겁게 생각해라. 아니면 파리 날리고 싶냐?"

말뜻을 알아들은 종규가 불만과 오만을 내려놓았다.

"미안해……."

"미안한 줄 알면 그런 생각일랑 꿈에도 하지 말고 즐겨. 오지 않는 손님을 기다리는 것보다야 넘치는 손님 돌려보내는 일이 백배는 행복할 테니."

민규의 위엄 앞에 종규는 또 한 번 고개를 숙였다. 그건 부인할 수 없는 '팩트'이기 때문이었다.

암!

파리 날리는 가게와 비교할까?

민규는 행복한 마음으로 다음 주문의 요리에 착수했다.

5억 요리의 마지막 날, 마지막 손님.

이 손님은 메뉴 가격을 물어 물어 왕의 수라상을 예약한 사람이었다. 이날은 예약이 많아 안 된다고 하자 사정하고 또 사정하는 통에 마지막에 끼워 넣은 손님…….

시간이 되자 어둠을 뚫고 등장한 건 끼이끼이 소리가 나는 고물 자전거 한 대였다. 안장에 탄 사람은 둘이었다. 50대의 아버지와 고등학생으로 보이는 아들. 두 사람이 마당에 내렸다. 왕의 수라상을 예약한 사람치고는 남루했다.

"윤재식 님이세요?"

종규가 확인에 나섰다.

"네, 늦게 죄송합니다."

아버지가 고개를 숙였다. 질문 한마디에 너무 미안해하는 것 같아 종규 얼굴이 달아올랐다.

"아닙니다. 이쪽으로 오세요."

종규가 내실로 향할 때 민규가 나왔다.

"그냥 야외 테이블 내드려. 마지막 손님이시니……."

"안녕하세요? 셰프님."

아들이 다가와 꾸벅 인사를 했다. 낡은 운동화를 보니 역시 가난한 집안의 학생. 하지만 구김이 없어 보기에 좋았다.

"나 알아요?"

민규가 장단을 맞춰주었다.

"그럼요. 오늘도 5억 요리를 하셨잖아요."

"하핫, 그건 특별한 경우고……."

"아이고, 5억짜리 요릿집에 우리 같은 것들이… 이거 죄송합니다."

아버지도 허리를 숙였다. 겸손하기는 부자가 다르지 않았다.

"그런 말씀 마시고 편하게 앉으세요. 아까는 아랍의 왕세제님이 주인공이었지만 지금 이 순간은 두 분이 주인공이시거든요."

민규가 직접 의자를 당겨주었다.

"그런데……."

의자에 앉은 아버지가 조심스레 뒷말을 이었다.

"혹시 카드 할부도 되나요?"

"그럼요."

"다행이다."

아버지가 안도의 숨을 쉬었다. 형편이 넉넉지 않을 거라는 건 알고 있었지만 생각보다도 심각한 모양이었다.

부자의 체질은 火형. 둘 다 오장육부에 큰 혼탁은 없지만 피로가 쌓이고 쌓여 정기가 좋은 편은 아니었다.

"그럼 잘 부탁합니다."

아버지는 또 한 번 허리를 숙인다.

"굉장히 어려워하시네."

주방으로 따라온 종규가 밖을 보며 말했다.

"이거 가져다 드려라. 말림 과일하고 과일정과도 넉넉히 드리고."

민규가 초자연수 3종 세트를 내주었다. 정화수와 지장수, 그리고 요수의 구성이었다. 아버지와 아들의 체질이 같고 특별한 질병이 없으니 같은 세트였다.

"약수 세트는 안 시켰는데?"

"그냥 물이라고 하고 가져다드려."

민규가 찡긋 윙크를 날렸다. 어려운 걸음을 한 것 같은 부자를 위한 서비스였다.

보글보글.

밥은 팥물밥으로 잡았다. 왕세제의 요리를 하듯 정성을 다했다. 밥이 끓는 사리에 정갈한 배춧국을 안치고 소갈비와 숭어, 꿩 다리와 가슴살구이로 세트를 맞췄다. 시원하고 담박하게 익은 배추김치와 세 가지 장에 숭어잡장을 놓는 것으로 상차림이 끝났다.

스릉!

밥이 마지막이었다. 솥뚜껑을 열자 언제나처럼 좌르르, 알맞은 윤기가 반짝이는 쌀꽃들이 민규를 맞이했다. 오늘은 새색시처럼 고운 자색으로 단장한 밥알이었다. 나무 주걱을 대자 밥알은 부끄러운 듯 스러졌다. 한 알, 한 알의 자태가 가려지지 않도록 정성을 다해 밥을 폈다. 그야말로 왕에게 바치는 수라에 다름 아니었다.

7첩 반상.

그게 부자의 테이블에 세팅이 되었다.

"와아!"

"……!"

아버지와 아들은 벌어진 입을 다물지 못했다. 다른 무엇도 아닌 밥 때문이었다. 맛의 보고처럼 우아하면서도 뽀얀 자태. 밥 하나만으로도 옥침을 흘리게 하는 마력이 있었다. 그 밥

옆에 놓인 배춧국 또한 단아한 품격을 자랑했다.

소갈비와 꿩 다리, 숭어. 세 가지 고기에서는 고유의 풍미가 샘처럼 솟았다. 세 향이 합쳐지며 맛의 성찬을 이뤘다. 꿀꺽, 자꾸만 침이 넘어갔다.

"먹어."

아버지가 요리를 가리켰다.

"아빠 먼저."

아들이 답했다.

"네가 먼저. 축하해."

"아빠……."

"아빠가… 늘 이런 밥상 차려줬어야 했는데… 미안해. 그리고 고마워."

"아빠……."

"그러니까 오늘이라도 많이 먹어. 아빠가 언제나 내 아들, 왕처럼 대접하고 싶다는 마음만은 잊지 말고."

"아빠……."

아들의 눈에서 결국, 숭어 눈알 같은 눈물이 밀려 나왔다.

"울기는… 오늘같이 좋은 날… 많이 먹어."

아버지가 꿩 다리를 아들 밥 위에 챙겨주었다. 아들이 아버지의 마음을 받아 한 입을 먹었다.

"맛있어?"

"응, 아빠도 먹어봐."

이번에는 아들의 손이 출격을 했다. 소갈비를 아버지 밥 위에 놓는다. 정감 넘치는 부자였다.

"맛있네?"

아버지가 환하게 웃는다. 그 웃음에도 샘물이 출렁거렸다.

"그동안 고생했다."

"고생은 아빠가 더 했지."

"자식, 아빠가 그렇다면 그런 줄 알지……."

"아빠도 내가 그렇다면 좀 그런 줄 알아. 나도 이제 다 컸거든."

"까분다. 아빠는 이 나이에도 인생을 모르는데 너는 그 나이에 벌써 인생을 아냐?"

"다른 건 몰라도 아빠는 알지. 우리 아빠가 얼마나 멋진 사람인지."

"멋지진. 우리 아들 개고생이나 시키고… 따로 공부하는 속도 모르고 야단이나 치고……."

아버지 시선이 아래로 떨어졌다. 아버지의 눈물. 감추고 싶은 것이다. 감추고 싶은 그 녀석, 허락도 없이 볼을 타고 내려왔다.

6. 부자父子의 사치(?)

"아빠 울어?"

"울기는… 장맛이 매워서 그러지……."

"피이, 이게 뭐가 매워?"

"또 말대꾸. 아빠가 그렇다면 그런 거야."

"좋아. 오늘 하루만 아빠를 왕에 임명해 준다."

"왕?"

"왕의 수라를 먹으니까 왕이지 뭐야."

"그럼 너는 왕자냐?"

"어, 그렇게 되네?"

"그래 봤자 신하도 없는 왕과 왕자네?"

"대신 이제 빚도 없잖아? 그거면 됐지."

"……."

"아빠."

"왜?"

"고마워."

"뭐가?"

"엄마가 집 나갔을 때, 나 사실 무지 쫄았거든. 아빠까지 나를 두고 가버릴까 봐."

"그래 봤자 늘 혼자 됐었는데 뭐."

"그거야 빚 갚기 위해 일하느라고 바빠서 그런 거잖아? 그런 건 아무래도 괜찮아."

"이햐, 우리 아들이 진짜 다 컸네?"

"게다가 할머니가, 치매 걸리시기 전까지는 아빠 일하는 시간에 나랑 같이 있었고……."

"할머니……."

아버지 얼굴에 또 그 녀석이 찾아왔다. 이번에는 감추지도 못하고 눈물을 흘려 버렸다. 아들은 못 본 척 테이블로 시선을 돌렸다.

"아빠, 우리 이거 숭어 같은데 남겼다가 싸 갈까? 할머니가 숭어 좋아하잖아?"

아들이 숭어구이를 바라보았다. 서해 해안가가 고향인 할머니는 숭어 마니아였다. 회도 만들고 탕도 만들고 튀김도 만들었다. 그래서 숭어 맛은 눈을 감고도 구분하는 아들이었다.

"오늘은 너를 위한 자리니까 편하게 많이 먹어. 할머니도 아빠 마음하고 똑같을 거야."

"아니야. 남겨 갈래. 할머니라면 나를 위해 그리고도 남았을 거야."

"……."

"아무튼 우리 아빠 대단해. 그 많은 빚을 다 갚다니."

"아빠는 니가 더 대단해. 요즘 공무원 되는 게 보통 일이냐? 그런데 이렇게 번듯하게 합격을 하다니. 내 친구 놈들이 다 부러워서 죽으려고 한다니까."

"쳇, 저소득 공채는 좀 약하다니까. 나 사실 62점으로 합격했어. 일반 경쟁 공채라면 어림도 없어. 그러니 아빠가 나 공무원 만들어주려고 가난했었나 봐."

"자식, 별 씨알도 안 먹히는 핑계를……."

"그러니까 아빠도 많이 먹어. 이제 아빠랑 나랑 같이 벌면 우리도 남들처럼 가끔씩은 이런 데서 사치하면서 살 수 있을 거야. 아, 나 첫 월급 타면 할머니 모시고 오자. 그런데, 치매 때문에 예약 안 받아주려나?"

아들이 주변을 두리번거리다 민규의 기척을 알았다.

"셰프님……."

민규는 아까부터 그 자리에 있었다. 애틋한 부자를 위해 부각 몇 가지를 서비스하려다 걸음을 멈췄다. 처음에는 부자의 눈물 때문이었고 다음은 대화 내용 때문이었다. 너무 애잔해서 부각 접시조차 내밀지 못했다. 어정쩡 주저하다가 아들에게 발각(?)된 것이다.

"죄송합니다. 두 분이 하도 정답게 이야기를 하시길래… 이건 서비스입니다. 다른 손님상에 나가는 메뉴인데 맛나게 잘 튀겨져서요."

민규가 부각을 내려놓았다. 밥상은 시원하게 비어가고 있었다. 그런데, 숭어만은 거의 손을 대지 않았다. 체질에 생선 알레르기 같은 건 없었는데? 민규가 고개를 갸웃거릴 때 아버지가 입을 열었다.

"밥맛이 꿀맛이네요. 이런 밥은 처음입니다. 진짜 임금이 되어 상을 받은 기분입니다. 고기도 입에서 살살 녹아버리고요."

"두 분이 무슨 좋은 일이 있으신가 봐요?"

민규가 화답을 했다.

"우리 아들이 고등학교 졸업반인데 9급 공무원 공채에 합격을 했어요. 그래서 축하해 주려고 데려왔어요."

"정말요? 이야, 진짜 대단하네요? 요즘 경쟁률이 수백 대 1이던데?"

"에이… 제가 본 시험은 경쟁률이 좀 약해요."

아들이 머쓱한 미소를 지었다. 아버지를 쏙 빼닮은 미소였다.

"그래도 자랑스러운 아들이에요. 실은 제가 동업을 하다가 동업자에게 뒤통수 맞아서 빚을 몇 억 졌었거든요. 그거 갚느라고 밥 한 끼 제대로 챙겨주지 못했는데도……."

아버지의 감정이 다시 울컥거렸다.

아버지의 손목에는 자해의 흔적이 깊었다. 목에도 상흔의 얼룩이 남았다. 동업자의 악용에 제대로 당한 아버지. 무려 6억의 빚을 떠안게 되었다. 동창생과 눈이 맞아 있던 아내는 그길로 전세금을 빼서 튀었다. 결국 늙은 어머니와 초등학생 아들을 데리고 길거리로 나앉고 말았다.

죽어야지.

나 같은 놈이 살아서 뭐해.

독주를 들이켜고 싸구려 모텔의 욕조 안에서 손목을 그었다. 조금만 더 들어가면 동맥 커팅인데 칼날이 부러졌다.

이번에는 목을 매달았다. 부실한 천장 구조물이 떨어지면서 또 실패로 돌아갔다.

병원 응급실에서 노모와 아들을 보게 되었다. 면목이 없었다.

죽을 수도 없는 팔자.

남은 패는 사는 길뿐이었다.

"일을 해서 까겠습니다."

가장 많은 돈이 걸린 채무자를 찾아가 고개를 숙였다. 어차피 쪼아도 나올 데 없는 돈. 현황을 아는 채권자가 일부 탕감을 해주었다.

쓰리 잡을 뛰었다. 새벽 대리운전이 끝나고 세 시간 정도 새우잠을 자면 출근을 했다. 피로는 점심시간 등을 이용해 칼잠으로 때웠다.

그렇게 살아온 7년. 마침내 채무의 지옥을 벗어나게 되었다.

인간은 의지의 동물이었다. 처음에는 막막하던 수억의 빚이었다. 하지만 작심하고 달려드니 못 갚을 돈은 아니었다. 예전보다 더 열심히 살다 보니 몰랐던 능력도 알게 되었다. 나름 열심히 살았다고 자부했지만 이제 보니 과거의 자신은 나태와 태만의 짬뽕이었던 것.

그사이에 아들이 훌쩍 자랐다. 중학교 때까지는 공부를 제법 하던 아들. 고등학교에 진학하면서 성적이 그만그만이었다.

"너 이러면 대학 못 간다."

아들이나마 꼬질하게 살지 않기를 바랐던 아버지. 몇 번이고 잔소리를 퍼부었다. 아들은 묵묵히 그 꾸중을 삭혀냈다.

그때의 아들은 이미 의젓한 속내를 갖추고 있었다. 어차피 SKY 갈 주제도 아니었다. 집안도 가난하다. 시시한 대학은 졸업을 해도 취업이 안 되는 세상. 그렇다면 일찌감치 공무원으로 도는 게 옳다고 판단한 것이다.

저소득 공채.

다행히 그게 있었다. 아들은 고2 때부터 학교 공부보다 공무원에 초점을 맞추고 공부를 했다. 그러니 학교 내신이 지지부진할 수밖에 없었던 것. 그 와중에 할머니가 치매에 걸렸다. 이제는 어린 아들이 밥과 빨래를 도맡아야 했다. 그럼에도 포기하지 않았다. 아버지 때문이었다.

아침에 나가면 새벽에야 잠깐 들어오는 아버지. 일 년 365일 거의 하루도 쉬지 못하는 아버지. 아버지의 인생이 위대한 건 아니었지만 열심히 사는 자세만은 본받고 싶었다. 아버지와 아들, 둘은 모르는 사이에 서로를 닮고 있었다.

"……."

부자의 사연을 알게 된 민규, 심장이 울컥거렸다. 종규와 함께 겪었던 시련의 시간들이 떠오른 것이다. 이 부자야말로 이 시대 모든 가난한 사람의 영웅으로 불려도 모자라지 않았다.

불굴의 부자를 위해 왕의 차 제호탕을 준비했다. 왕의 수라를 가장 의미 있게 즐기는 사람들. 그들에게 가장 알맞은 후식이었다.

"드세요. 왕의 차 제호탕입니다."

오미자정과, 살구정과와 함께 눈처럼 새하얀 감사과도 곁들여 주었다. 감사과는 눈을 담은 옥처럼 희었다.

"와아, 이거 감사과죠?"

아들은 뜻밖에도 감사과를 알아보았다.

"먹어봤어요?"

민규가 물었다.

"할머니요. 할머니가 이걸 할 줄 알아요. 꿀이 생기면 찹쌀을 사다가 해주시곤 했어요. 그렇지?"

아들이 아빠의 동의를 구했다.

"맞습니다. 어머니가 손맛이 좋으셔서… 옛날에는 큰 잔칫집에 불려 가 부각도 많이 만드셨습니다."

"셰프님."

아들이 민규를 바라보았다.

"예?"

"죄송하지만 이거 레시피 좀 알려주실 수 있나요? 인터넷에서 보니까 셰프님은 레시피를 숨기지 않는다고 하던데……"

"문제없어요. 그런데 뭐 하게요?"

"할머니 병문안 갈 때 해다 드리게요. 할머니가 식사를 잘 드시지 않아서 감사과를 생각해 본 적이 있었는데 맨날 얻어만 먹느라고 잘 보지 못해서 그런지 안 되더라고요. 찹쌀을 며칠 불리고 반죽을 낸 다음에 쪄서 말리는 걸 보기는 했는데… 인터넷 레시피는 웬 겉멋만 잔뜩……"

"……!"

민규, 또 한 번 심장이 흔들렸다. 대체 이 부자는…….

"그럼 설명만 해줘도 알겠네요?"

"그럴 것도 같아요."

아들은 적극적이었다.

레시피!

아낄 것도 없었다. 민규에게 있어 레시피는 비공개의 대상이 아니었다.

"찹쌀 며칠은 맞아요. 보통 3일을 담그는데 담그는 물은 내가 나눠 드릴게요. 좋은 약수가 있거든요."

민규가 말했다. 할머니를 위한 것이니 정화수와 요수 화합물에 담그면 더 맛난 감사과가 될 일이었다.

아들은 정말 감사과를 알고 있었다. 그가 모르는 건 세부 사항 몇 개였다. 흰설기 반죽보다 축축하게 반죽할 것. 꽈리가 일도록 많이 칠 것. 물기가 많으면 속이 비고 질겨지므로 조심. 꿀을 넣되 달달할 정도로 '충분히' 넣어준다. 아들은 금세 이해를 했다. 할머니가 하는 걸 곁눈으로 본 내공 덕분이었다.

"고맙습니다. 이제 만들 수 있을 것 같아요."

아들이 꼬마처럼 좋아했다. 한때는 조리과학고 진학도 생각했었다는 아들이었다. 그렇기에 요리에도 소질이 있는 모양이었다.

"남은 식사는 치워 드리겠습니다."

민규가 말하자 아들이 그 말을 막았다.

"저기……."

"왜요?"

"죄송하지만 이 생선은 포장 좀 안 될까요? 병원에 계신 할머니가 숭어를 좋아하시거든요."

"……!"

아들의 말에 민규 귀가 번쩍 뜨였다.

그랬구나.

다른 건 알뜰하게 먹으면서도 유독 남겨둔 숭어구이.

할머니를 주려고 아껴두었던 거구나.

갈피 잃은 심장이 멋대로 엇갈려 뛰었다.

군소리 없이 부자의 뜻을 받았다. 감히 민규가 침범할 정서가 아니었다.

"오늘 너무 잘 먹었습니다."

식사를 마친 아버지가 꾸벅 인사를 해왔다.

"별말씀을요."

"셰프님."

아들이 끼어들었다.

"네?"

"죄송하지만 저 첫 월급 타면 할머니 모시고 오고 싶은데 저희 할머니가 치매로 병원에 계세요. 혹시 치매환자라서 안 될까요?"

아들의 목소리는 굉장히 조심스러웠다.

"천만에요. 할머니께서 식사가 가능하면 언제든 모시고 오세요. 할머니에게 알맞은 좋은 죽이 많거든요. 대환영입니다."

"정말요?"

"혹시 또 모르죠. 가끔은 재수 좋게 제 약선죽을 먹고 치매가 좋아지는 분도 계시니까요."

"맞아요. 셰프님께서 고친 사람이 한두 명이 아니에요."

옆에서 재희가 거들었다.

그 말을 들은 아들이 아버지를 향해 웃었다.

"그럼 얼른 모시고 와야겠다. 치매야 안 낫더라도 왕의 수라는 드시게 해야지. 아까 실은 잘 안 넘어가더라."

아버지가 웃었다.

"그러세요. 제가 동생에게 전해놓겠습니다. 두 분이 예약하면 무조건 최우선으로 받아주라고."

"고맙습니다아."

아들의 순박한 인사가 민규를 또 한 번 감동시켰다.

"그런데… 셰프님."

아들이 신발장으로 나가자 아버지가 나지막이 입을 열었다.

"네?"

"카드는 죄송하지만 3개월 할부로 좀 안 될까요? 실은 제가 신용불량을 벗어나면서 처음으로 긁게 되는 카드라 아직은 형편이 넉넉지 않아서요."

"됩니다."

민규도 나지막이 답했다. 물어볼 것도 없이 무조건이었다.

사실은 그냥 보내고 싶었다. 하지만 계산을 받았다. 그 또한 오전에 다녀간 왕세제의 위엄처럼, 아들 앞에서 아버지의 위엄을 살려주는 일이기 때문이었다. 대신 숭어 포장 안에 숭어구이를 듬뿍 넣었다. 할머니에게 좋은 타락죽도 곁들여 넣었다. 서비스를 주는 건 셰프 마음이니까.

"꼭 또 오세요."

민규가 부자를 배웅했다.

고맙습니다. 고맙습니다.

끼이끼이!

낡은 자전거 페달 소리가 인사말에 화음을 넣으며 멀어졌다.

"셰프님."

재희가 다가왔다.

"왜?"

"감사과 말이에요, 저 아들이 만들 수 있을까요?"

"내 생각에는 그럴 거 같은데?"

"그거 은근히 만들기 어려운데……."

"저 아이는 성공할 거야. 설령 조금 부족하다고 해도 할머니에게는 최고의 선물이 될 테고……."

민규가 환하게 웃었다.
암!
이 확신은 아들에게 보내는 민규의 응원이었다.

7. 불면증 날리는 약선 증편

"와아아!"

재희의 휘파람이 그치지 않았다. 맑은 냇가를 달리는 랜드
로버 안이었다.

"야, 좀 조용히 안 해? 운전에 방해가 되잖아?"

종규가 슬쩍 소리를 높였다.

"오빠도 좋으면서 뭘?"

"좋긴 뭐가 좋아? 귀가 다 따가운데……."

둘의 아웅다웅과 함께 차가 고개를 넘어갔다. 저 고개 너머
에 목적지가 있었다.

오늘은 월요일, 초빛이 쉬는 날이었다. 출장요리에 더해 장

터 순례를 나왔다. 나오는 김에 재희까지 데려왔다. 의도가 있었다.

출장요리는 불면증 약선요리였다. 방경환 지점장의 부탁이었다. 그에게 사촌 형님 부부가 있었다. 시골에서 증편 가게를 하는 부부는 사이좋게 평생을 살았다. 증편 맛이 기가 막혀 돈도 쏠쏠하게 모았다. 그래도 욕심부리지 않고 낡은 가게를 고집하는 부부. 돈 조금 벌면 분점부터 생각하는 사람들과 클래스가 달랐다. 그러다 최근에 문제가 생겼다. 몸에 이상이 오면서 증편 맛도 변한 것. 부부가 평생을 지켜온 증편 가게는 파리를 날리기 시작했다. 큰 병은 아니지만 낫지를 않으니 그런 불치가 따로 없었다. 마음속으로 방경환을 각별하게 생각하는 민규, 사정을 듣고 출장요리를 해주겠다고 제안해 버렸던 것.

"셰프님."

재희가 민규를 돌아보았다. 민규는 이전 장터에서 골라 온 목이버섯을 보고 있었다.

"말해."

민규가 답했다.

"아까 드린 질문요⋯⋯."

"어떻게 하면 훌륭한 약선 셰프가 되느냐?"

민규가 목이버섯을 내려놓았다.

"네."

"재희는 뭐라고 그랬지?"

"실전 경험요."

"종규는?"

민규가 종규에게도 의견을 낼 기회를 주었다.

"나는… 천재성? 감각?"

"오빠, 내 말은 그런 조건을 다 깔아놓은 상태를 말하는 거야."

재희가 반박을 했다.

"그렇다면 내 답은 이거다."

민규가 '수문사설'과 '요록'을 내밀었다. 고전 요리서들이었다.

"책이요?"

종규가 재희가 동시에 반응했다.

"그래. 요리책."

"……?"

"내가 다른 책을 보다 보니 프리드리히 2세라는 사람이 있더라. 위대한 전략가의 한 명으로 절대 열세의 병력으로 주변국을 압도한 사람."

"요리하고 전쟁이 무슨 상관?"

커브를 돌던 종규가 물었다.

"요리도 결국은 사람의 일이니까."

"……?"

"그 옛날에 한 장교가 그에게 질문을 했었다 해. 폐하께서 생각하시는, 위대한 전투 전략의 비결은 무엇이냐고. 그가 말했지. 전쟁사나 열심히 공부하라고."

"전쟁사?"

"장교가 대답했다. 이론보다는 실전 경험이 더 중요하지 않겠냐?"

"100% 공감."

"왕의 손이 말의 무리를 가리키며 말했다. 저 말 중에 어떤 말이 가장 많은 전투에 참가했냐고. 그러자 장교가 노쇠해 가는 말을 끌고 와 답했다. 이 말이 60회 정도 참가한 백전노장이라고."

"……."

"왕의 답이 나왔지. 백전노장이지만 그 말은 아직도 말에 불과하지 않냐고."

"……!"

"프리드리히가 이론을 강조한 이유는 생각 없이 읽으라는 게 아니라 전술의 역사와 시대적 배경 속에 숨어 있는 원리와 변화를 찾으라는 거였다. 그걸 알지 못하고 이건 어떤 왕이 대승한 전술이니까 좋고, 저건 또 어떤 왕이 압승을 거둔 병법이니까 좋다고 따라쟁이가 되면 어떻게 될까?"

"……."

"요리책을 보다 보면 요리 또한 시대와 환경에 따라 변화하는 게 보일 거야. 그 변화의 핵심을 읽고 원리를 바탕으로 창

조적인 개선 방안을 찾을 때, 비로소 셰프는 자신만의 요리 왕국을 구축하게 되는 거지. 내 생각은 그렇다."

"……."

"실전 경험도 중요하지만 가장 중요한 건 그 요리의 내력부터 파악하는 거지. 많이 보고 많이 해보는 건 굉장히 중요한 일이지만 결국 바탕 없는 왕국은 무너지게 되어 있거든."

"……!"

갑자기 차 안이 조용해졌다. 민규 말에 압도된 종규와 재희가 입을 닫아버린 것이다.

"이것들이 정말… 분위기 왜 이래? 종규야, 음악이나 좀 틀어라."

민규가 소리를 높였다.

끼익!

차가 한갓진 읍내에 멈췄다. 오일장이 열리는 곳이자 증편 가게가 있는 장소였다.

"우와, 증편 냄새……."

차에서 내린 종규가 냄새를 따라 고개를 돌렸다. 증편 냄새는 독특하다. 시큼하면서도 푸근한 냄새로 사람을 후린다. 하지만 이곳의 냄새는 그런 풍미가 느껴지지 않았다.

"자, 각 10만 원씩. 시간은 한 시간 준다. 중요한 미션을 줄

거니까 실력을 제대로 발휘하도록."

민규가 5만 원권을 두 장씩 내주었다. 목적은 콩떡을 위한 콩 구입이었다. 오일장이라면 혹시 산골 농사꾼들의 소량 재배작물이 나올 수 있었다. 내일 오후 예약으로 잡은 약선콩떡. 그것과 더불어 한 가지 실험을 할 생각이었다.

"오빠, 나 먼저 간다."

재희가 앞서 뛰었다.

"야, 야, 너 반칙이야."

종규도 그 뒤를 이었다.

'자식들……'

피식 웃은 민규가 증편 가게로 향했다. 가게는 한가했다. 보이는 건 밖의 탁자에 전시해 둔 증편 몇 가지뿐. 아침에 쪄낸 것들이지만 역시 맛나 보이는 포스는 없었다.

증편의 재료는 간단하다. 멥쌀가루에 막걸리, 효모가 전부. 몇 가지 색을 낸 재료들은 치자와 녹차가루, 맨드라미, 블루베리로 보였다. 손에 쥘 정도 크기의 증편 모양은 그럴듯했다. 제대로 된 증편은 한 입 물기만 하면 입안에 행복을 안겨준다.

하지만 여기 현실은 달랐다.

'배합 실패……'

증편 한 조각을 집어 든 민규, 원인을 알았다. 사소하지만 균형이 깨졌다. 치대는 반죽의 손길이 달랐고 물의 온도와 막걸리, 생효모가 그랬다. 고명 역시 자세히 보면 대칭이나 균형이 조금씩 흐트러져 있었다. 사소하지만, 먹어본 사람은 안다.

"그 집 맛이 변했어."
"예전 같지 않던데?"

단 한 번의 실수로 손님들은 발길을 돌려 버리는 것이다.
그런데⋯⋯.
증편 안에 또 다른 불쾌한 냄새가 있었다. 요리에서 절대 나서는 안 되는 냄새⋯⋯.
'아니겠지.'
드륵!
고개를 저으며 연륜이 묻은, 반질반질한 유리 미닫이문을 열었다. 가게 안은 옛날 귀신 영화 찍는 세트장처럼 못 견디게 적막했다.
"계세요?"
손님이 불러야만 주인이 나온다? 그 또한 파리 날리는 가게들의 공통점이었다.
"증편 드려요?"
안쪽 방에서 사모님이 나왔다. 위생복 차림이지만 안 입은 게 나을 정도로 형식적이었다. 게다가 멋대로 구겨지기까지.
"저는 서울에서 온 이민규라고 합니다."

"서울?"

"방경환 지점장님이……."

"아, 그 국가대표 셰프님."

민규를 알아본 사모님이 반색을 했다.

"이리 나오세요."

작은 거실, 소파에 앉은 민규 귀에 사모님 목소리가 들렸다. 방문이 열리자 남편, 그러니까 중편 가게의 진짜 주인이 들어섰다. 푸석한 얼굴에 건조한 피부. 눈에는 그물 같은 핏발이 서 있다. 피로에 찌든 얼굴의 전형이다. 이 사람의 애로는 '잠'이었다.

그는 잠들지 못했다. 혼자된 늙은 아버지 때문이었다. 아버지에게 때늦게 '여자 친구'가 생겼다. 아버지보다 15살 어렸다. 문제는 아들 몰래 재산을 내준 것. 몇 년 동안 붙어먹던 여자 친구는 아버지의 금고가 비어버리자 사라졌다. 늘그막에 망신살이 뻗친 아버지. 아들에게 말도 못 하고 화병을 앓다가 세상을 하직했다.

아버지에게 남은 건 낡은 집 한 채뿐이었다. 그나마 버릴 수 없어 상속을 받았다. 이후에 세무서에서 통보가 날아왔다. 아버지가 최근 3년 내에 통장에서 찾아 쓴 4억에 대해 소명하라는 것. 소명하지 못하면 그 4억을 상속으로 간주한다는 으름장이었다. 내연녀에게 준 돈을 어떻게 증명하란 말인가? 대행을 맡긴 세무사와 담당자를 찾아갔지만 담당자의 말은 한

마디뿐이었다.

"법이 그렇습니다."

담당자는 최소한 60%의 증빙을 원했다. 그나마 80%에서 깎아준 거라는 말과 함께. 두 손 들고 상속세 덤터기를 맞았다. 생돈 나간 자리에 아들의 화병이 가슴을 비집고 들어왔다.

처음에는 얼마 그러다 말려니 했다. 하지만 그게 아니었다. 별수 없이 병원을 찾았다. 스트레스 때문이라고 마음을 편히 먹으라고 한다.

미친놈.

의사질 한번 편하게도 처하는구나.

그게 그렇게 쉬우면 내가 왜 너를 찾아왔겠니?

수면제 처방을 받아 왔다. 한두 주일은 그게 먹혔다. 한 달쯤 지나자 수면제 양이 늘어났다. 나중에는 의사가 말한 몇 배를 털어 넣어도 잠이 오지 않았다. 그렇잖아도 약물에 반감을 가진 사장님. 어차피 오지 않는 잠이기에 병원을 버렸다.

민간요법으로 돌았다. 자기 전에 막걸리도 마셔보고, 족욕도 하고, 수면에 좋다는 차도 수없이 마셔댔다. 그럼에도 불면은 가시지 않았다.

그 기간이 길어지면서 생기가 빠져 나갔다. 때로는 머리가 흔들려 죽을 것도 같았다. 당연히 증편 맛도 엉망이 되었다. 음식은 요리사의 오감이 만드는 것. 요리사가 건강하지 않으면 맛이 변한다. 피할 수 없는 숙명이었다.

친척 문상을 왔던 지점장이 그걸 알았다. 민규 생각이 났다. 그렇게 연결된 주인이었다.

현장에서 체질을 리딩했다. 이미 사진을 받았던 민규, 혹시 모를 확인에 나선 것이다.

밥.

보약이다.

밥을 잘 먹으면 여간해서 병에 걸리지 않는다.

잠.

역시 보약이다.

잠을 잘 자도 웬만한 병은 몸을 넘보지 못한다.

그러나 잠을 잘 자지 못하면 '밥'도 잘 넘어가지 않는다. 오장의 불안정해지면서 밥맛이 떨어진다. 며칠만 반복되면 또 하나의 건강 요소인 똥에 문제가 생긴다. 잘 싸는 일이 곤란해지는 것이다.

수면장애도 원인이나 이유가 다양했다. 한숨도 못 붙여 꼴딱 새우는 실침(失枕)에, 가슴에 수갑 찬 듯 답답하고 잠이 안 오는 허번불수(虛煩不睡), 스토커처럼 따라오는 꿈 때문에 수면을 방해받는 와불안(臥不安), 어리벙벙 몽롱한 혼침다수(昏沈多睡).

기가 약해 몸이 무겁고 졸리는 신중기와(身重嗜臥), 간 기능 이상으로 오는 혼리불수(魂離不睡), 걱정이 원인인 사결불

수(思結不睡) 등등이 그것들이다.

그렇다면 어떤 사람이 수면장애를 겪게 되는 걸까?

보통은 심장이나 신장의 문제로 시작된다. 이 사람 역시 크게 다르지 않았다.

'와불안.'

민규의 처방은 그랬다. 와불안은 툭하면 꿈을 꾸고, 누워도 편치 않으며, 잠도 안 온다. 보온 통에 준비해 온 것은 '약선밀죽'이었다. 대추씨와 사과, 양파를 더하고 정화수와 쌀 죽물로 물을 잡아 완성시켰다. 그는 신장의 정기가 바닥이었으므로 오미자와 지황, 산수유에 천리수를 조합한 신장의 정기 강화 약선차도 함께 내놓았다.

"이걸 드셔보시죠."

민규가 출장요리를 세팅해 주었다.

"먹어봐요. 방 지점장 말이 이분 요리가 최고의 약이라잖아?"

사모님이 숟가락을 쥐어주었다.

그런데…….

가만 보니 사모님의 행동거지도 자연스럽지 않았다.

'이분도 애로가 깊군.'

내친김에 사모님의 체질도 리딩해 버렸다.

'요실금…….'

맙소사!

민규가 감지했던 증편의 불쾌함은 착각이 아니었다. 그제야 증편의 몰락이 이해가 되었다. 맛이 떨어진 것은 물론 섞여서는 안 될 냄새까지 포함된 것이다.

'어쩐다?'

기왕에 손댄 일. 그러나 준비해 온 건 주인 몫의 요리뿐이었다. 요실금이라면 방광을 강화해야 했다. 측백나무씨와 돼지콩팥이 있다면 바로 만들 수 있었다. 소회향과 오수유, 파고지도 유용하다.

그런데…….

거실을 스캔하던 민규 코에 다른 냄새가 들어왔다. 쿰쿰한 냄새의 주인공은 청국장찌개였다. 구석의 주방 테이블 위에 있는 냄비. 그 안이 발원지였다.

청국장, 청국장…….

'아하!'

간편한 약선요리가 떠올랐다.

"혹시 청국장 남은 게 있나요?"

민규가 사모님에게 물었다.

"있어요. 좋아하세요?"

"아닙니다. 그럼 마늘도 있겠죠?"

"필요하면 한 접 걷어드릴게요. 창고에 몇 접 매달려 있거든요."

"많이는 필요 없고요. 좋은 것으로 세 통하고, 청국장 한 주걱만 주시겠어요?"

"아유, 그걸 가지고 뭐 한대요? 가실 때 넉넉하게 싸드릴게요."

"아뇨. 딱 그만큼만 주세요. 지금 당장!"

"지금요?"

"사모님, 소변 때문에 고질이 있으시잖아요?"

"예?"

남편의 식사를 챙기던 그녀가 화들짝 흔들렸다. 오줌 지리는 일을 차마 드러낼 수 없어 숨겼던 일. 그걸 귀신처럼 맞춰 버리니 심장이 덜컥 내려앉았던 것이다.

"고치는 김에 같이 고쳐야죠. 안 그러면 증편 맛이 전처럼 돌아오지 않을 겁니다."

민규가 쐐기를 박았다. 증편은 부부가 같이 만들기 때문이었다. 남편의 불면증, 그로 인한 컨디션 조절 실패로 증편은 맛을 잃어갔다. 그걸 고친다고 해도 사모님 문제가 남는다. 요리는 흡수쟁이다. 주변의 모든 것을 다 흡수한다. 발효 음식이라면 더욱 그렇다. 발효가 되는 동안, 사모님의 오줌 지린 냄새까지도 흡수할 수 있었다.

증편 반죽을 받아 들고 주방을 잠시 빌렸다. 죽을 먹은 주인은 그새 잠들어 있었다. 새근새근, 아이의 단잠처럼 곤한 소리도 난다.

"아유, 저 양반, 달게도 자네. 이렇게 자는 게 얼마 만이래?"

담요를 덮어주는 사모님 얼굴에 웃음꽃이 피었다.

증편.

이 요리의 역사는 중국의 위진 시대로 올라간다. 보편화된 것은 송나라 때부터였다. 보편 속에 위대함이 있다고, 어의들이 고치지 못하는 왕의 병도 고쳤다. 손림이라는 식의였다.

"내가 해보죠"

그가 내민 비장의 무기는 '증편'이었다. 어의는 어이없었지만 손림은 결과를 보여주었다. 빈뇨에 요실금까지 겹쳐 밤마다 요강을 찾느라 잠을 이루지 못하던 왕, 증편으로 만든 환을 먹고 요강을 내다 버렸다. 권필도 그 비법으로 왕족의 요실금을 많이 고쳤다.

고려시대의 증편은 '상화'로 불리는 술빵을 응용했다. 대성공이었다. 무력감에 시달리던 대비와 중전들도 요강을 멀리했고 권필에게는 상이 내려졌다. 증편에 더해 일조를 한 게 청국장이었다. 고려 대에는 다행히 청국장이 있었다. 한 가지 더 필요한 게 마늘인데 그 또한 구하기 어렵지 않았다.

―증편+마늘+청국장.

이 간단한 조합은 어린아이들이 소변을 제대로 끊지 못하고 흘러댈 때도 유용하다. 권필은 환을 만들었지만 민규는 약선증편으로 만들어냈다. 증편 반죽 속에 청국장 콩과 마늘을 소로 넣고 만두로 빚어낸 것. 청국장의 냄새는 테이블에 있던 요구르트를 섞어 다운시켰다. 찜물은 국화수와 천리수를 사용했으니 근육을 다스리고 말단의 치료에 시너지가 될 일이었다.

"그대로 두세요."

사모님께 당부를 하고 조용히 가게를 나왔다. 뒷마당 쪽에 키가 큰 자소엽이 보였다. 자소엽은 자주색 깻잎이다. 이제 보니 주인은 좋은 약재를 곁에 두고 있었다.

중편이 익는 동안 장터를 돌았다.

장터들.

언제부턴가 시골 것들이 줄어들고 있었다. 동시에 각 고장의 특징을 잃고 정형화되었다. 소일거리로 산야초를 들고 나온 할머니들을 찾았다. 집 근처나 너무 얕은 산에서 딴 것들이라 물건이 좋지 않았다. 그때 앞쪽에서 고함 소리가 들려왔다.

"뭐야? 살려면 사고 말려면 말지, 사지도 않을 거면서 왜 그렇게 쑤셔놔?"

노점 쪽이었다. 콩을 파는 노점상이다. 그 앞에 재희가 있었다. 껍질이 있는 콩부터 깐 콩까지 죄다 간(?)을 본 모양이었다. 결과는 무소득. 아저씨의 물건은 도소매상에서 떼어 온 것들이었다. 특별한 자연산을 찾고 있는 재희 눈에 찰 리가 없었다.

'그렇다면 종규는?'

스캔을 시작하자 종규가 걸렸다. 반대쪽이었다. 하지만 그 역시 눈총을 받고 있기는 다르지 않았다.

"그러니까 왜 콩을 집어 먹냐고? 니가 염소야, 뭐야?"

노점상 앞의 종규는 유구무언이다. 종규는 미식 감각이 좋다. 그 주특기를 발휘해 샘플로 먹어본 것. 그 또한 노점상들의 눈에 고와 보일 리 없었다.

'잘하네.'

둘은 민규가 없다고 허투루 임하지 않았다. 대충 골라잡고 헤실거리면 작살을 낼 생각이었던 민규. 흐뭇한 마음으로 돌아섰다. 사막에 풀어놓았지만 둘은 사막을 제대로 넘고 있다.

"……!"

증편 찜통을 열자 사모님이 눈이 휘둥그레졌다. 신기하게도 청국장 냄새가 별로 나지 않았다.

"드셔보세요. 남기지 마시고요, 다 드시면 소변 걱정 안 하고 사셔도 됩니다."

"……."

"증편에 청국장 소, 조금 이상한가요? 그래도 약이니까… 청국장 좋아하신다면서요?"

"정말 이걸 먹으면?"

"네. 대신 다 드셔야 합니다."

민규가 밀어놓은 건 모두 일곱 개였다. 사모님의 방광 혼탁을 쳐내기 위한 임계점을 맞춘 양이었다. 아직도 깊은 잠에 빠진 주인. 그를 돌아본 사모님이 증편을 먹기 시작했다.

하나, 둘, 셋······.

다섯까지 먹더니 민규를 바라보았다. 더 못 먹겠다는 표정이었다. 요수를 한 잔 보태주었다. 물을 마신 사모님, 꾸륵 트림을 하더니 남은 두 개를 마저 먹었다. 그사이에 주인이 눈을 떴다.

"여보."

사모님이 주인에게 다가갔다.

"어, 개운하다. 아주 꿀잠을 잤네?"

"괜찮아? 내가 보니까 진짜 맛있게 자던데?"

"좋아. 머리도 시원하고 눈도 시원하고··· 맨날 잠이 안 와서 머리가 뽀개질 것 같았는데··· 꿈도 하나도 안 꿨어."

"아유, 그럼 그 약선요리가 제대로 맞은 모양이네?"

"그러게. 아이고, 젊은 양반, 고맙습니다."

주인이 일어나 민규에게 인사를 했다.

"약선요리가 잘 먹히셨다니 다행이네요."

"아이고, 명의는 따로 있다더니 이 양반이 명의네. 내가 이놈의 꿈하고 잠 때문에 얼마나 고생을 했는데······."

"이거 드셔보세요."

민규가 초자연수 한 잔을 건네주었다. 주인이 받아 마셨다.

"몸이 가뜬해지네? 이게 무슨 물이오?"

"생숙탕이라는 겁니다. 볶은 소금 있죠? 그거 조금 넣어서 물 끓이시고 거기에 찬물을 타면 비슷하게 만들어집니다. 날마다 만들어서 아침에 드세요. 그리고 뒷마당에 자소엽이 있더군요. 말려서 냄새가 잘 통하는 주머니에 담아 머리맡에 두세요. 생숙탕은 음양의 조화에 신장을 다스리고 자소엽은 스트레스를 줄여 마음을 안정되게 하니 잠 때문에 다시 고생하지 않을 겁니다."

"생숙탕에 자소엽이라……."

빈 잔을 보던 주인의 시선이 벽시계에 닿았다.

"어이쿠, 식사 시간이네? 아직 밥 안 먹었죠?"

"밥은 괜찮습니다."

"아니, 그럼 증편이라도……."

주인이 성큼 나가 증편 찜기를 열었다.

"……!"

그걸 접시에 담아내던 주인 미간이 확 굳었다. 그중 하나의 맛을 보는 주인.

"……?"

이번에는 얼굴 전체가 과격하게 굳어버렸다. 뚜껑을 팽개친 그가 진열된 증편을 집어 들었다. 한 입 베어 물더니 전부 다 쓰레기통에 처박아 버린다.

"여보, 왜 그래?"

사모님이 울상을 짓자,

"뭐가 왜 그래? 당신, 이걸 맛봤어, 안 봤어?"

"맛이야 당신이 보지, 나는 그냥 팔기만……."

"아이고, 이 마누라쟁이야. 내 몸이 엉망이라 맛이 이 모양이면 말을 해줘야지. 이게 사람 먹는 증편이야? 누가 돈 주고 이런 걸 먹겠어?"

"……?"

"맛이 개판이잖아? 반죽도 그렇고 술도 그렇고… 다 5%씩 모자라."

주인이 찜기를 엎었다. 놀란 사모님은 그저 바라볼 뿐이다.

"젊은 양반, 미안하외다. 내가 잠을 제대로 못 자 컨디션이 엉망이다 보니 증편이 이 지경인데도 몰랐네. 제대로 한 솥 쪄 줄 테니 조금만 기다려 주시오."

주인이 팔을 걷어붙였다.

"기대하겠습니다."

민규는 기꺼이 맞장구를 쳤다. 이제야 증편 가게가 제대로 돌아갈 것으로 보였다.

"와아!"

증편 가게 테이블에 합류한 재희가 감탄을 밀어냈다.

"우와."

종규도 놀라기는 마찬가지.

테이블에는 새로 나온 증편이 모락거렸다. 알큰한 알코올 냄새에 쌀가루의 푸근함. 그 흰 살 위에 올라앉은 오색의 꽃잎 장식들. 아까 것과는 비주얼부터 달랐다. 작은 차이지만 완벽한 포스를 이루는 게 아닌가?

"드셔보세요. 이제 좀 나을 겁니다."

주인이 한 접시를 더 내려놓았다.

풍미에 풍미가 더하자 옥침이 저절로 고였다. 자태에 홀린 재희는 사진부터 찍었다. 볼륨만 낮으면 콩떡이나 화전과도 닮은 포스였다.

"시원한 녹차예요. 많이들 드세요."

사모님은 녹차를 따랐다.

"어이, 마누라쟁이."

"왜?"

주인이 부르자 사모님이 돌아보았다.

"당신도 저 젊은 양반이 약선요리 해줬어? 가만 보니 화장실을 안 가네?"

"어머!"

놀란 사모님이 쟁반을 떨어뜨렸다.

"왜 놀라? 나 빌빌거리는 사이에 애인이라도 만들었나……."

"그게 아니고… 나도 나왔나 봐. 저분이 증편하고 청국장으로 약선을 만들어줬거든. 그러고 보니 오줌이 하나도 안 마려워. 전 같았으면 화장실에 두세 번은 갔을 텐데?"

"어이쿠, 미치겠다. 귀한 분들에게 증편 쪼가리 대접해 놓고 늙은 부부가 화장실 타령이나 하고 있으니……."

"그럼 좋은 걸 어떡해? 우리 이제 편하게 잘 수 있겠어."

"당신도 잠 못 잤어?"

"당연하지. 소변이 마려워도 참았지. 내가 움직이면 당신 잠에 방해될까 봐 얼마나 고생했는데… 아유, 좋아라."

사모님이 주인 볼에 뽀뽀를 해버렸다.

"이 마누라쟁이가 왜 이래? 빨리 가서 새로 만든 증편이나 가지런히 진열해. 어쩐지 손님들이 자꾸 끊긴다 했더니……."

머쓱한 주인이 괜한 목청을 높였다.

                    *   *   *

하르르!

떡시루에서 김이 새어 나오기 시작했다. 종규와 재희는 각자의 시루 앞에 서 있었다. 또다시 초빛 주방에서 한판 격돌하는 둘이었다. 오늘의 주제는 콩떡. 각자 장터에서 구한 콩을 안쳤다. 콩떡에 쓰는 흰콩은 보통 4시간 정도 불려주어야 한다. 장터에서 구입한 후에 증편 가게의 물을 빌렸다. 서울에 도착하자 알맞게 불어 있었다.

하지만 둘의 긴장은 조금씩 무뎌지고 있었다. 민규와의 시간이 익숙해진 것이다. 동시에 둘의 실력도 제법 늘었으니 시시한 약선요리사는 넘볼 수준이었다.

"오빠."

민규가 자리를 비운 사이에 재희가 종규 옆구리를 찔렀다.

"왜?"

"알지?"

"뭘?"

"오늘 시험의 의미."

"무슨 의미? 우리가 이런 거 한두 번 하냐?"

"다른 때하고 다르잖아? 분위기도 그렇고."

"내가 볼 때는 똑같은데?"

"아, 진짜 오빠는 감이 떨어진다니까. 오늘 분명히 뭐가 있어."

"있거나 말거나 승자는 나야."

"쳇, 누구 마음대로."

둘이 소리 낮춰 으르렁거릴 때 민규가 돌아왔다. 손에는 종이 뭉치가 들려 있었다.

"그새 또 아드등거렸냐?"

"……"

"콩!"

민규가 오늘 요리의 운을 뗐다.

"콩은 열매, 따라서 신체의 가운데를 돕습니다. 즉, 신장으로 갑니다."

"흰콩과 검은콩의 차이는?"

"흰콩은 속이 뜨거우니 흰색 껍질로 태양을 반사해 튕겨냅니다. 햇빛을 덜 받으려는 전략이지요. 검은콩은 반대로 속이 차갑기 때문에 태양을 더 받기 위해 검은색 껍질을 가졌습니다."

종규에 이어 재희가 답을 내놓았다.

"콩은 모든 사람에게 다 좋을까?"

"어린아이들이 콩을 너무 많이 먹으면 성에 조숙해질 수도 있습니다. 콩이 신장의 정기가 되기 때문입니다."

"그래서 콩을 법제화한 게 뭐다?"

"콩나물입니다."

"콩나물에서 온 한약재가 있는데……."

"콩나물 머리를 대두황권이라고 합니다. 검은콩으로 만든 대두황권은 열을 다스리는 힘이 있습니다."

"동시에 우황청심환 주재료의 하나이기도 하지."

"에? 콩나물 대가리가 우황청심환 주재료의 하나라고?"

민규 설명에 종규 눈망울이 커졌다. 거기까지는 몰랐던 것이다.

그사이에 콩떡의 김이 모락거리기 시작했다. 냄새는 부드럽기 그지없었다.

20분 경과.

종규가 먼저 콩떡을 꺼냈다. 재희가 뒤를 이었다. 둘은 타이머를 쓰지 않았다. 편리성에 물들면 실력이 늘지 않기 때문이었다. 콩떡 증기를 뒤집어쓴 둘의 얼굴에는 순한 습기가 가득했다.

두 떡의 비주얼은 거의 같았다. 다른 것은 멋을 내기 위한 고명뿐이었다.

종규의 것은 대추 살을 오려 국화처럼 눌러놓았고 재희는 잣 일곱 개를 둘러 꽃을 표시했다. 그래도 자세히 보면 솜씨의 차이가 보였다. 섬세함은 재희가 앞서지만 부드러운 느낌은 종규 쪽이 좋았다. 반죽할 때 얼마나 잘 치댔느냐의 차이가 완성품에 반영된 것이다.

"어디 보자……"

민규가 종규 콩떡을 맛보았다.

우물!

한번 씹고는 종규를 보았다. 역시 긴장의 각은 전과 달랐다. 재희도 오십보백보였다.

"재희."

"예, 셰프님."

"콩깍지가 있는 걸 샀었지?"

"예."

"이유는?"

"아무리 좋은 빵이라도 미리 썰어놓은 것은 사지 마라. 가장 싱싱한 상태를 유지하기 위해서 그랬습니다."

"그 덕분에 덜 여문 것들이 끼어 들어갔다. 그렇지?"

"……!"

"인정?"

"네……."

"마른 걸 샀더라면 쭈글쭈글한 걸 골라냈을 텐데 수분이 있는 걸 사는 바람에 덜 여문 걸 골라낼 수 없었던 거야."

"아……."

"대신 청량감은 좋았다."

"……!"

"종규."

"네."

"넌 콩을 맛보고 샀지?"

"예."

"그걸 너무 과신했다."

"예?"

"맛을 보고 사는 건 좋은 일이지만 모든 콩을 다 맛볼 수는 없지. 그런데 맛을 보고 샀다는 안심이 나머지 콩에 대한 경계심을 풀어버렸다. 그래서 콩을 하나하나 본 게 아니라 눈으로 대충 살폈지?"

"으억, 귀신……."

"그래도 고소한 풍미는 좋았다. 몇 개 벌레 먹은 게 있는 것 같은데 콩은 최상품으로 골랐어."

"……!"

"4 대 3으로 종규가 우세. 마지막으로 콩떡 레시피 빨리 외우는 사람에게……."

민규, 둘을 찬찬히 바라보며 종이 출력물을 펼쳤다.

"……?"

종규와 재희의 입이 쩌억 벌어졌다. 그건 문화체육부에서 주관하는 이벤트 궁중요리 대회 요강이었다.

"너희도 이거 알고 있지?"

"……."

"긴말 안 한다. 다음 달에 열리는 이 청년 궁중요리 대회 초빛 대표권을 준다."

"……?"

그 한마디에 종규와 재희의 눈빛이 튀었다.

궁중요리 대회.

문화체육관광부가 전통문화를 위해 빅 이벤트를 개최한다. 30세 이하면 누구든 출전이 가능하다. 대상 상금은 무려 3천만 원이었다.

민규는 거기 심사 위원 위촉을 받았다. 권위와 전통의 식치방 약선 대회에 비할 바는 아니지만 실력을 가늠하기 좋은 기회.

그러나 날짜가 일요일이다. 가게 문을 열어야 하니 나가기 어렵다. 그렇기에 종규와 재희, 개최를 알면서도 민규에게 말하지 못하고 눈치만 보던 참이었다.

"시작!"

민규는 허튼 틈을 주지 않았다.

"멥쌀가루에……."

"콩떡은……."

둘은 앞서거니 뒤서거니 출발을 했다.

"멥쌀가루에 소금을 뿌려 잘 섞어준 후에 체로 내린다. 흰 콩은 깨끗이 씻어 4시간 이상 불리고 맷돌이나 분쇄기로 갈아낸다. 갈아낸 콩을 멥쌀가루와 섞어 반죽하고 많이 치댄다. 반죽한 떡을 두세 입 크기 정도로 둥글납작하게 빚어낸다. 김이 오른 찜솥에 베 보자기를 깔고 콩떡을 넣은 뒤 김이 오르기 시작하면 20분쯤 후에 꺼내 참기름을 발라준다. 마지막으로 고명을 올리면 끝!"

"끝!"

둘의 폭주는 거의 0.1초 차이로 끝났다. 재희가 간발의 차이로 빨랐다.

"심사 결과……."

"……."

"둘 다 나간다. 그날은 가게 문 닫을 거니까 예약 잡지 말도록."

"……."

"그리고 거기서 점수가 좋은 사람에게 돌아오는 식치방 약선요리 대회 초빛 대표 이름을 허락한다."

식치방 약선요리 대회.

종규와 재희가 꿈꾸지 않을 리 없었다. 한꺼번에 커밍아웃을 해놓은 민규, 샤워실로 들어가 버렸다.

종규가 재희를 바라보았다. 재희도 종규를 바라보았다. 속내를 들킨 둘은 말을 잃었다. 그러나 눈동자만은 미친 듯이 뜨겁게 불타고 있었다.

우정 어린 경쟁을 펼치며 실력을 쌓아온 두 사람. 마침내 공식 대회를 겨루게 되었다.

8. 여왕개미를 위한 수라상

　이틀 후의 오후, 신선한 손님을 맞았다. 문화부장관 예약석을 준비하던 저녁 무렵이었다. 교복을 입은 화사한 소녀가 들어섰다.

　"셰프님, 안녕하세요?"

　낭랑한 목소리 옆에는 멀쑥한 남학생도 있었다.

　"…아."

　민규의 반응은 한 타임 늦었다. 그녀 때문이었다. 청초한 순수가 뚝뚝 묻어나는 그녀는 김예리. 전에 출연했던 방송에서 만났던 여학생이었다. 실연의 아픔으로 비장이 말라가던 그 소녀……

"저 기억하시죠?"

"김예리 학생?"

"와아, 정말 기억하시네? 오빠, 인사드려."

그녀가 옆의 남학생을 닦아세웠다.

"안녕하세요?"

남학생이 꾸벅 고개를 숙였다.

"그 오빠예요. 셰프님이 포기하지 말라고 했던……."

"…아."

이번에도 민규의 반응은 늦었다.

"셰프님 말대로 제 몸과 마음부터 만든 다음에 다시 대시 했어요. 나랑 사귈래 말래, 그랬더니 오빠가 내 마음을 받아 주더라고요. 그렇지?"

"……."

"우리 어때요? 잘 어울려요?"

김예리가 남학생에게 붙었다. 어울렸다. 이제 갓 피어나는 순수한 꽃송이들. 어떻게 어울리지 않을 수 있으랴.

"아무튼 잘 왔다. 저기 앉아."

민규가 간이 테이블을 가리켰다.

"봤지? 내 말이 맞지?"

의자에 앉은 김예리가 목에 힘을 주었다. 남학생과 내기라도 건 모양이었다. 예약하기 어려운 민규의 초빛. 거기서 둘을 반겨줄 줄 몰랐던 남학생이었다.

머리가 맑아지는 정화수와 함께 세 가지 보석을 내주었다.

─꽃산병.

─화전.

─콩떡.

세 요리는 흰 순수에 그려진 하나의 예술이었다. 꽃산병은 노랑과 분홍, 흰색의 자태가 고왔다. 겉에 바른 참기름에 올라앉은 고명은 황금 코팅을 한 작은 알들. 지는 햇살을 받아 진주처럼 빛났다.

화전은 세 가지 꽃을 눌렀다. 그 자태 또한 꽃산병에 뒤지지 않았다. 마지막은 콩떡. 해바라기를 그린 잣 고명 가운에 박아놓은 블루베리 또한 매력 만점이었다.

"우와!"

요리의 위용에 남학생이 자지러졌다. 김예리는 방송국에서 이미 경험한 민규의 요리 세계. 그 경험 탓에 조금은 의젓하게 굴었다.

"먹어. 축하의 의미로 주는 거야."

민규가 웃었다.

"무료예요? 저희 돈 별로 없는데⋯⋯."

김예리가 얼굴을 붉혔다.

"당연히 무료지. 많이 먹고 부족하면 손만 들어라. 얼마든지 리필해 줄 테니까."

"고맙습니다."

김예리가 박수를 치며 좋아했다. 하지만 정작 요리는 둘보다 핸드폰이 먼저 먹었다. 둘은 찍고, 찍고 또 찍었다. 접시를 들고, 입에 물고, 둘 사이에 놓고, 사람이 먹는 건지 카메라가 먹는 건지 모를 지경이었다. 질리도록 찍은 다음에야 요리를 먹기 시작했다.

"맛있어 죽겠다."

김예리가 장난스레 쓰러졌다.

"진짜… 나 떡 별로 안 좋아하는데 이건 뭐……."

남학생의 손도 바쁘게 움직였다.

"오빠, 이건 내 거거든."

김예리가 그 손을 밀어냈다. 맛난 것 앞에서는 사랑도 잠시 멈추는 모양이었다.

세 가지 요리.

형태는 비슷했다. 하지만 그 맛은 확실한 개성을 가지고 있었다. 꽃산병의 매력은 거피한 팥소의 부드럽고 달콤함이었다. 콩떡은 떡살 자체가 환상이었다. 콩가루를 합친 까닭에 감미롭기 그지없다. 마지막 화전의 주재료는 찹쌀가루. 앞선 요리는 멥쌀이었으니 쫀득하고 차진 찰기가 또 다른 미각 세계를 보여주었다.

"셰프님."

떡을 해치운(?) 둘이 민규 앞에 섰다.

"가려고?"

"네. 바쁘시잖아요."

"바빠도 할 건 다 하니까 괜찮아."

"우리 오빠가 생일 때 용돈 많이 받는대요. 그때 예약해서 정식으로 올게요. 저도 용돈 많이 모아 가지고요."

"흐음, 그때는 매상 좀 올려야겠는걸."

"그러세요. 부모님도 셰프님에게 간다고 하면 지원해 준다고 했어요."

"그래. 예쁘게 사랑하고."

"고맙습니다."

두 학생이 인사를 했다. 둘은 인사하는 목의 각도까지 똑같았다. 사랑하면 닮는다더니 보기가 좋았다.

"아, 쟤들이 누구 염장 지르러 왔나?"

마당으로 나온 종규가 볼멘소리를 냈다.

"웬 염장? 부러우면 너도 한 명 사귀든가?"

"됐거든. 형이나 사귀시지? 대시하는 사람 많을 때."

"대시? 누가?"

"어이구, 저 내숭."

"까불래?"

"됐고요, 전화나 받으세요."

종규가 핸드폰을 내밀었다.

"누구?"

"이모부서."

'이모부?'

민규가 핸드폰을 넘겨받았다.

―이 세프!

이모부의 걸쭉한 목소리가 흘러나왔다.

"아, 안녕하시죠? 이모님도?"

―당연하지. 잘나가는 조카 덕분에 후광 팍팍 받고 있는데.

"이모부님도……."

―혹시 다금바리 필요해?

"다금바리요?"

민규가 고개를 들었다. 생선회의 제왕으로 불리는 그 다금바리?

―요즘 제주도 남쪽 해상에서 황돔 낚는 어선에 가끔 걸리는 모양이야. 필요하면 내가 수배해서 보내줄게.

"진품입니까?"

―당연하지. 능성어나 자바리 보낼까 봐?

이모부가 웃었다.

다금바리.

아는 사람은 아는 생선이다. 먹어본 사람도 꽤 있다. 하지만 미안하게도, 그들이 먹어본 다금바리는 진품이 아니다. 자바리 아니면 능성어인 것이다. 베트남의 하롱삐에이에서 입 호강을 하고 왔다는 다금바리는 라푸라푸에 불과하다. 결론은, 절대다수가 먹어본 다금바리는 진품이 아니라는 것. 호랑무

늬가 나는 제주도 다금바리 역시 진품이 아니라 자바리였다.
그렇다고 자바리가 나쁜 어종이라는 건 아니다. 자바리 역시
귀하고 좋은 생선에 속했다.

"구할 수 있으면 구해주세요. 귀한 거 좋아하는 분은 넘치
니까요."

—알았어. 하지만 크기가 어느 정도 되면 가격이 백만 단위
라는 건 알고 있어.

"네, 이모부님."

흔쾌히 통화를 끝냈다.

진품 다금바리라면 허달구 회장과 박병선 박사 등이 환장
을 할 일이었다. 김순애 일당도 맨발로 달려올 일. 먹어줄 사
람은 널려 있었다.

'잘하면 아가미에 달린 삼지창 구경을 할 수 있겠네.'

민규도 기대가 되었다.

*　　　*　　　*

"어서 오십시오."

민규가 입구에서 장관을 맞았다. 동석한 손님은 이 차관과
백 국장, 그리고 한 사람의 학자였다.

"야외 테이블이 비었고 내실도 있습니다. 어디로 모실까요?"

안으로.

민규가 생각한 답이었다. 장관은 정답을 맞췄다.

"안으로 갈게요."

내실.

한국은 내실 문화가 많다. 중요한 이야기나 오붓함을 추구할 때면 영락없다. 다른 공간과 독립되는 것. 그게 주는 안락함에 익숙해진 까닭이었다.

"냄새부터 다르군요."

초빛에 초행인 이 차관이 덕담을 했다.

"진짜 그런데요? 명불허전이라더니……."

백 국장도 가세.

"어떤 요리를 드릴까요?"

민규가 메뉴판을 건네주었다.

"원래는 왕의 수라상을 시킬까 했는데 우리 국장님 말이 국록을 먹는 사람이 왕의 흉내를 내면 되겠냐고 하셔요? 그러니 약선새팥죽하고 약선산야초초밥, 삼색부각 정도가 좋겠어요."

장관이 오더를 냈다. 민규는 인사로 오더를 받았다.

보글보글.

달큰한 새팥죽의 속삭임이 깊어갔다. 언제 들어도 정다운 속삭임이다. 그 속삭임에서 배어 나오는 풍미는 오늘도 민규의 옥침을 사정없이 자극했다. 산야초초밥을 정성껏 쥐었다. 오늘은 송이가 좋아 한 사람당 두 개씩 곁들였다. 그로 인해 다른 산야초의 매력이 무너지지 않도록 사이에 마초밥을 두었

다. 마의 순박함으로 송이버섯의 강렬한 향을 누르는 배치였
다.

여기 놓인 장식꽃이 기가 막혔다. 붉은빛 생비트를 얇게 저
며 동백꽃으로 말고 노란 밤을 실 채로 썰어 꽃술로 찌르니
진짜 동백보다 아름다운 장식이 되었다.

초밥초는 배합을 조금씩 다르게 했다. 국장과 학자 때문이
었다. 국장은 유난히 속이 찬 체질이었고 학자는 스트레스가
심해 자소엽가루를 첨가했다. 중편 가게 뒷마당에서 얻어 온
자소엽을 유용하게 사용하는 민규였다.

고소함의 극치 들깨부각에, 매콤하면서 개운한 고추부각,
달콤하고 보기도 좋은 아카시아부각을 더해 테이블을 세팅했
다. 먼저 들여온 초자연수 세트는 깔끔하게 비워진 후였다.

"이야!"

감탄은 절로 나왔다. 요리의 자태도 그렇지만 분위기에 맞
춰 놓인 데커레이션이 정신 줄을 멋대로 흔들어놓은 것.

"이거 보기만 해도 콜레스테롤이 확 떨어지는 기분인데요?"

백 국장이 가장 먼저 반색을 했다. 나이로는 그가 가장 선
임이었다. 그렇기에 문화체육부의 터줏대감으로 불리는 사람.
덕분에 차관과 장관도 그를 함부로 대하지 않았다.

"백 국장님, 단골집하고 어떠세요?"

장관이 슬쩍 운을 뗐다.

"그거야 먹어봐야 알죠. 요즘 겉만 번지르르한 맛집이 하도

많아서······."

"그럼 일단 맛을 볼까요?"

장관이 숟가락을 들었다.

후룹!

새팥죽 한 숟가락이 입으로 들어갔다. 아련한 단맛이 입안을 점령해 버렸다. 그냥 보기엔 별 볼 일 없는 새팥죽. 민규의 마력이 아닐 수 없었다.

"호오."

"흐음."

"이야."

하나하나 요리를 맛본 백 국장 입에서 쉴 새 없는 감탄이 나왔다. 그럴 만했다. 민규가 리딩한 그의 미각 등급은 A였다. 보통 사람의 혀는 아닌 것이다. 그걸 저격한 민규의 약선 처방이었으니······.

"일반 초밥하고는 다른 맛을 넣었군요?"

국장이 귀신같은 평을 내놓았다.

"국장님은 속이 냉한 체질이라 속을 따뜻하게 데워주는 온리약(溫裏藥) 계열의 약재를 조금 가미했습니다. 소회향과 호초, 오수유인데 알아보시는군요?"

"내 코가 개코라서 말이죠. 그나저나 대단하네요. 이쯤 되면 진짜 약선으로 불릴 만하군요."

"온리약이 뭐죠?"

호기심이 발동한 장관이 물었다.

"약선에 쓰는 약재들 중에 한기와 열을 다스리는 게 있는데 발산풍한과 온리약이 그것입니다. 국장님처럼 속이 냉한 체질과 나이 드신 어르신들에게 종종 사용하지요."

"우리 국장님, 이제 보니 움직이는 마루타 아닙니까? 셰프도 대단하지만 그렇게 감수성이 강하다니?"

이 차관이 끼어들었다.

"감수성이 아니라 요리 때문입니다. 장관님이 여쭈셨는데 제가 다녀본 곳들은 깜도 되지 않는군요. 그쪽 친구들은 그럴 듯하게 포장만 하지, 실제 효과는 그저 그랬습니다."

백 국장이 소감을 밝혔다.

"우리 최 박사님은요?"

장관이 학자에게 물었다.

"제 죽과 초밥도 맞춤형인지 마음이 편해지는군요."

학자가 민규를 바라보았다.

"선생님은 스트레스로 몸이 무겁길래 보라색 깻잎으로 알려진 자소엽 성분을 알맞게 끼워 넣었습니다."

"보라색 깻잎에 그런 효과가 있단 말입니까?"

학자가 고개를 들었다.

"자소엽은 깻잎에 더불어 끝가지를 말려서 쓰지요. 보기는 약초 같지 않아도 전통적으로 기의 순환을 돕고 소화기를 편하게 하며 만성 스트레스와 불면, 불안에까지 도움이 되는 효자입니다."

"호오……."

조용하던 학자의 반응이 커졌다. 백문이 불여일견. 스스로
체험한 것이니 토를 달지도 않았다.

"셰프님."

거기서 장관이 민규를 불렀다.

"예."

"시간이 되면 잠깐 앉아주시겠어요? 우리가 상의드릴 것도
있고……."

"그러죠."

민규가 장관 앞에 자리를 잡았다.

"우선 궁중요리 대회 심사 위원장을 맡아줘서 고마워요."

"예?"

경청하던 민규의 시선이 확 튀어 올랐다. 심사 위원장이라
니?

"장관님, 저는 그냥 심사 위원의 한 사람으로……."

"그랬죠. 하지만 준비 심사 위원이 다섯이니 위원장 한 사람
은 있어야 하잖아요?"

"그거야… 박세가 선생님과 변재순 선생님도 오신다
고 하시지 않았습니까? 그렇다면 당연히 그분들이 맡으셔
야……."

"그 두 분이 셰프님을 추천했어요. 아니, 다른 사람들도 만

장일치로."

"……!"

"말도 안 됩니다. 다른 두 분은 대체 누구시길래?"

"권병규, 진우재 선생님요. 네 분 공히 이렇게 말씀하셨습니다."

"뭐라고……?"

"이 셰프님이 위원장을 맡지 않으면 참가하지 않겠다고요."

"하지만 제게는 상의도 하지 않으신……."

"셰프께는 말하지 못했지만 다른 분들에게는 의견을 물어보았습니다."

'다른?'

"이 국민적 이벤트의 아이디어를 주신 분."

"그게… 누구인가요?"

"영부인이십니다."

"……?"

"다른 네 분의 심사 위원께서 만장일치로 추대했다고 하니 밀어붙이라고 하더군요. 청년 요리 대회 성격이니 파격적인 위원장이 필요하지 않겠냐고."

"장관님."

"이렇게 말씀드려 미안하지만 저는 영부인님을 포함한 그 다섯 분을 설득할 자신이 없습니다. 그러니 부득이 위원장 자리를 고사하고 싶으시다면 셰프께서 직접 설득해

주시면……."

"장관님."

"수락해 주시지요."

장관에 이어 차관과 국장까지 합세를 해왔다. 돌발 상황. 그러나 탈출구는 없었다. 별수 없이 덤터기(?)를 쓰는 수밖에 없었다.

"고맙습니다. 덕분에 이 이벤트의 주제가 더욱 살게 되었습니다. 청년 궁중요리 대회… 이제 각 심사 위원님들이 각 한 분씩 추천을 해주시면 심사 쪽은 해결입니다. 그 또한 맡아주실 거죠?"

"그럼 그것 때문에 일부러?"

"그렇기도 하지만 다른 일이 또 있습니다."

'또?'

"박사님, 전문가께서 직접 말씀해 주시죠."

장관의 시선이 학자에게 옮겨 갔다. 척 봐도 묵직한 경륜이 풍겨나는 포스의 학자. 그가 뭔가를 꺼내 자신의 손바닥 위에다 놓았다.

색깔이 흰 개미였다.

'흰개미?'

학자의 손바닥 위에 올려진 작은 흰개미 모형이 민규의 시선을 끌어당겼다.

이 사람……

느닷없이 웬 개미일까?

표여중 박사.

그는 유명 대학의 석좌교수였다. 곤충학 박사다. 그중에서도 개미 전문가로 통했다. 국내에는 그 말고 또 한 명의 유명한 개미 박사가 있었다.

개미 박사의 출동이니 역시 개미 문제였다.

"이놈은 흰개미라고 합니다."

박사가 입을 열었다. 민규의 시선은 개미에 고정되어 있었다. 장관과 동행자들도 그랬다.

"이번에 문화부의 문화재 실태 파악 사업으로 문화재청에서 전국의 목조 문화재들을 일제 조사 하게 되었습니다. 저도 그중 한 사람이고요."

"……."

"개미, 혹시 약선요리에서도 소용이 있습니까?"

"있기는 합니다만……."

"고견을 좀 들을 수 있을까요?"

"중국의 의약서 '증류본초'에 보면 개미는 기력을 더하고 근골을 강하게 한다고 합니다. 따라서 중국의 황제들 중에는 개미 유충으로 만든 잼을 먹은 사람도 있지요. 개미에 대해 잘 알지는 못합니다만 자기 몸무게의 수백 배나 되는 것을 들고 다니니 그 스태미나 때문에 장력 강장에 도움이 된다고 생각하는 것으로 봅니다. 약선에는 이류보류라고 합니다만……."

"그렇군요. 그놈들 파워를 생각하면 그럴듯하다고 여겨집니다."

"……."

"상세히 부연하자면 개미는 자기 몸무게의 400배를 들 수 있고 1,600배를 끌고 다닐 수 있습니다. 그런데 이 흰개미는 소처럼 지구온난화를 부추기는 범인의 하나이기도 하지요."

"개미가요?"

"놀랍죠?

"예……."

"사실 이 흰개미는 바퀴벌레에 가깝기 때문입니다."

"……?"

"이놈들 색이 하얗다 보니 대개 하얀 개미로 생각하지만 진화의 관점에서 보면 바퀴벌레의 사촌이거든요. 외부에서 식량을 조달하는 개미의 생태와 달리 이놈들은 나무 속에 영지를 건설하면 밖으로 나오지도 않고 내부 영토가 작살날 때까지 나무를 갉아 먹지요."

여기서 처음으로 먹거리의 단어가 나왔다.

흰개미는 나무를 갉아 먹는다.

"하지만 나무 속에서 일어나는 일이다 보니 이들의 무단침입을 알게 되었을 때 이미 그 나무는 수수깡에 가까울 지경입니다. 목조 문화재 잘못 구경하다가 머리 위에서 무너지는 일까지 나올 판입니다."

"……."

"셰프님."

"예."

"뜸은 여기까지만 들이고 단도직입적으로 묻겠습니다. 혹시 개미를 위한 요리도 가능합니까?"

"……!"

개미?

개미를 위한 요리?

개를 위한 요리는 했어도 개미까지는 생각지 못했던 민규. 난데없는 질문에 날숨조차 쉬지 못했다.

꿀꺽!

장관이 물 마시는 소리가 들렸다. 차관도 그 뒤를 이었다. 다들 심각하다. 저명한 개미 박사가 민규를 찾아왔다. 동행자는 문화체육부 최고 수장인 장관과 차관. 그렇다면 평범한 일은 아닌 것 같았다.

"배경 설명을 더 들어야 할 것 같습니다."

사안을 감지한 민규가 의견을 피력했다.

"그렇군요. 조금 더 이야기를 이어가자면……."

물을 마신 학자가 뒷말을 이어갔다.

"천년 목조 문화재를 점검하는 중에 몇 군데에서 심각한 현상이 발견되었습니다. 봉정사의 극락전부터 부석사의 무량수전, 심지어는 경복궁의 많은 전각들 말입니다."

"……."

"천년 사찰들도 그렇지만 경복궁은 우리나라의 유산입니다. 일제가 헐어낸 걸 복원한 지 오래되지 않았지요. 그런데 만약, 경복궁의 중심인 근정전이, 왕의 거처였던 강녕전이, 혹은 세자의 거처인 희정당의 대들보가 언젠가 수수깡이 되어 무너진다고 생각해 보십시오. 이 또한 어처구니없는 일이 아니겠습니까?"

"사안이 심각하군요?"

"가까운 경복궁의 강녕전부터 점령당했습니다. 흰개미 탐지견들이 페로몬 냄새를 찾았고 조사 팀이 들어가 내시경카메라를 사용해 보니 이미 영지 건설을 마쳤더군요. 흰개미는 원래 남방 계통이라 남부지방에 많아 중부까지 진출했다는 사실만 해도 심각한데 하필이면 경복궁, 그것도 강녕전이라니……."

"……."

"초음파검사 결과 아직은 내부 손실이 심각하지 않지만 흰개미를 퇴출시키지 못하면 결국에는 기둥이 무너질 수 있습니다. 더구나 '전'만큼은 막아내야 하는데 흰개미라는 게 일단 자리를 잡으면 스스로 영지를 옮기지 않는 한……."

"그러고 보니 극락전, 무량수전, 강녕전… 모두 전 자가 들어 있군요. 그에 비하면 세자의 건물은 희정당? 어떤 차이인가요?"

"전(殿)은 그만큼 중요한 건물입니다. 아무 건물에나 전이라는 이름을 허용하지 않지요. 건물도 위계가 있으니 전이 최상위고 그다음이 당, 합, 각으로 펼쳐집니다."

전(殿)〉당(堂)〉합(閤)〉각(閣).

쓴맛〉신맛〉짠맛〉단맛.

건물도 맛처럼 줄을 섰다.

"당연히 '전'이라는 이름이 붙은 건물은 더 중요하고 더 격조 있게 지었겠지요. 그렇기에 더욱 보존해야 하는데 작금의 상황이……"

"……"

"아시는지 모르지만 개미는 여왕개미를 죽여야만 끝판을 볼 수 있습니다. 최근 살인 개미로 회자되는 붉은 불개미 또한 마찬가지입니다. 하지만 여왕개미는… 일개미들이 목조 안에 구중궁궐을 지어놓고 신처럼 받들고 있으니 구경할 수조차 없습니다."

"살충제 같은 건 없습니까?"

집중하던 민규가 물었다.

"몇 번 사용해 봤는데 큰 효과는 보지 못했습니다. 사실 효과적인 방법이라면 기둥 전체를 겹겹의 비닐이나 천으로 감싸고 독성이 강한 살충제를 훈증시켜 보름에서 한 달 동안 기둥을 푹 찌면 되고, 가장 간단한 방법은 그 기둥을 뽑아서 뽀개면 됩니다만… 둘 다 마땅치 않은 방법들이죠."

"시도해 본 방법은 앞의 것이 다입니까?"

"일개미들에게 독약이 든 먹이를 줘봤습니다. 일개미들이 그걸 물고 가서 여왕개미에게 바치면 성공인데 이게 마치 조선시대 왕의 수라를 대신 맛보는 상궁처럼……."

일개미가 먼저 맛을 보고 사망.

위험, 위험!

흰개미 집단에 특급 경계경보가 내려졌다. 결론은 실패.

"어렵군요."

"그렇죠? 그래서 뾰족한 수를 강구 중이었는데 격려차 방문한 장관님이 셰프님 말씀을 하세요. 흰개미도 결국은 먹어야 사는 동물이니 셰프님을 한번 만나보기나 하자고요."

'개미……'

"셰프님의 약선요리… 내가 겪어보니 수가 있을 것도 같고요. 어떻습니까?"

"그러니까 목조 기둥 안에 둥지를 튼 여왕개미를 없앨 요리를 만들어달라는 거로군요?"

"맞습니다. 참고로 국내 최고의 해충 박멸 회사의 도움도 받아보았습니다. 히드라메틸론이라는 성분으로 만든 살충제를 깔았죠. 개미의 습성을 이용한 첨단 제품으로 일개미에게 서서히 반응이 나타나게 되어 여왕개미의 의심을 사지 않는 방식입니다. 여왕개미는 먹이에 대한 의심이 많기 때문에 일개미들의 시식을 보고 안전하다고 판단되어야만 먹이를 먹거든 요. 그렇게 기피성이 없는 유인제였지만……."

역시나 실패.

학자는 줄임말로 그 단어를 대신했다.

"양은 충분히 물어 갔나요?"

"아닙니다. 이놈들이 나무에 맛을 들였는지 밖으로도 잘 나 오지 않아 고작 몇 마리만이… 자체 판단으로는 일개미들이 물어 간 유인제가 여왕개미에게 전달이 되지 않은 듯… 여왕 개미의 서식처 가까운 곳에 유인제를 두는 것도 중요한 일이 거든요."

"……."

"유인제들 외에도 개미 유인용 육포와 꿀 바른 과일 조각, 유인용 용액 포획 통까지 동원해 봤습니다만……."

그 또한 실패.

여왕개미…….

오래전에 본 영화, 에일리언이 생각났다. 에일리언을 끝장내 려면 알 낳는 퀸 에일리언을 잡아야 했다. 근원을 끊지 않으 면 공포는 끝나지 않는다.

"흰개미가 좋아하는 일반적인 먹거리는 뭔가요? 제가 보니 단맛은 물론이고 소변에도 몰려드는 것 같던데……."

"이놈들은 주로 목재를 먹습니다. 하지만 웬만한 것은 다 먹는다고 봐도 무방합니다."

"싫어하는 건요?"

"소금을 싫어하지요. 박하 향이나 휘발성이 강한 기름 같은 것들?"

"습성은요?"

"흰개미의 왕국은 나무의 속입니다. 대개는 땅속에 박힌 나무의 내부에 왕국을 건설하는데 시간이 경과하면서 조금씩 위로 올라갑니다. 햇빛을 꺼리고 습기를 좋아하는 습성이 있지요."

"혹시 흰개미 샘플도 가져오셨나요?"

민규가 물었다. 표여중의 옆에 놓인 통 때문이었다. 예사롭지 않았다.

"눈썰미가 매우시군요. 부탁드리는 처지라 몇 마리 가져왔습니다."

표여중이 작은 통을 열었다.

안에 든 흰개미가 보였다. 100여 마리는 될 것 같았다. 일반적인 개미와는 조금 달랐다. 개미 허리가 없는 것이다. 즉, 흰개미의 허리는 보통 개미와 달리 '뚱뚱'하고 투명해 보였다.

"그렇다면 그 특수한 유인제라는 것도?"

"있습니다."

표여중이 작은 병을 내주었다. 개미 박멸 회사들이 주로 사용하는 신제품 유인제. 원리는 기피성을 낮추고 흡수한 먹이에 대해 서서히 반응을 유도함으로써 여왕개미의 의심을 없애려는 것. 바퀴벌레 약에 쓰는 원리와도 같았다.

"둘 다 좀 살펴봐도 됩니까?"

"물론이죠."

표여중의 허락이 떨어졌다. 20여 마리를 투명한 병에 옮겨 담고 주방으로 갔다. 등을 따라오는 시선이 무거웠지만 개의치 않았다.

"여왕개미를 잡는 요리?"

종규가 다가왔다.

"그래. 묘수 있냐?"

"그거야 인터넷 검색하면……."

말리기도 전에 종규 손이 키보드 위를 날았다. 그 표정은 바로 구겨졌다. 인터넷은 '절대' 만능이 아니다.

"없는데? 있는 건 여왕개미 잡는 허접한 답변들뿐."

"뭐라고 나왔냐?"

"늦봄, 짝짓기할 때 잡아라. 큰비가 오면 나오니까 그때 잡아라. 그것도 아니면 땅굴을 파라."

"기둥을 뽀개라는 말과 같은 말이네."

"……."

"하긴 묘수가 없으니까 전문가가 오셨겠지."

"그래도 형 요리라면……."

"형도 만능은 아니거든?"

민규가 선을 그었다. 당장 답을 가지고 있는 것도 아니었다.

흰개미의 여왕개미를 저격하는 요리.

일개미들에게 이것저것 줘봤다. 자연 꿀에 많이 모였다. 약재 쪼가리도 넣어보았다. 대다수의 약재 냄새는 별로 좋아하지 않았다.

중국의 황제들이 생각났다. 구중궁궐의 황제들. 셀 수도 없는 요리를 받는다. 그러나 그 요리는 다 황제의 식탁에 올라가지 않는다. 맛을 보는 태감들 때문이었다. 요리로 황제를 암살하려면 둘 중 하나가 필요했다. 맛을 보는 태감을 매수하든지, 아니면 태감이 먹을 때는 문제가 없고 황제가 먹으면 문제가 발생하는 시간 차 요리……

전문 방역 회사가 썼다는 유인제의 뚜껑을 깠다. 신중하게 향을 맡았다. 향에서 사기(邪氣)가 나왔다. 살충 회사에서 사용하는 핵심 성분은 히드라메틸론. 기본적으로 독성이 있었으니 민규의 여덟 판별력에 걸렸다.

유인제 실험은 여러 가지로 했다. 끓는 물에도 떨구고 불판에도 한 방울 떨어뜨렸다. 그냥 맡을 때는 몰랐지만 끓는 물과 불판에서는 사기가 강해졌다.

그렇다면 흰개미의 여왕개미가 이걸 구분할 능력이 있다는 얘기일까? 아니면 일개미들이 물어 간 먹이 양이 적어 여왕개미에게까지 상납되지 못했단 말인가?

'쉽지 않군.'

고개를 저었다. 일개미를 잡아다 자폭 프로그램이라도 심을 수 있다면 몰라도 요리로는 힘든 일이었다. 더구나 개미의 체질까지는 알지 못하는 민규였다.

가능할까?

흰개미 한 마리를 손바닥에 놓고 뚫어져라 바라보았다. 흰개미에게서는 나무 냄새가 났다. 셀룰로스 때문이다. 흰개미는 셀룰로스를 먹는다. 그들 스스로는 분해할 효소가 없기에 미생물을 체내에 들여 공생의 지혜로 삼은 까닭이었다.

초자연수는 어떨까?

생각이 주특기로 옮겨 갔다. 몇 가지 물을 소환해 일개미를 담가보았다. 반천하수와 마비탕, 정화수 등에서는 유유했다. 허우적거리기는 하지만 죽는 건 아니었다. 열탕과 증기수, 온천수는 뜨겁기 때문에, 하빙과 동상수는 차가워서 아우성을 친다. 그렇다면 동기상한과 취탕은?

톡!

일개미 몇 마리를 떨어뜨렸다. 몇 번 허우적거리더니 그릇에서 나오려고 발버둥을 친다. 인간에게 나쁜 건 역시 개미에게도 나쁜 모양이었다. 일단 건져놓고 정리에 들어갔다.

육천기의 향은 어떨까?

"여왕개미를 잡으려면 서식처 가까이에다 먹이를 놓는 것도 중요합니다."

표여중의 말이 스쳐 갔다.

가까이…….

그러나 아름드리나무 속. 전시안(全視眼)이 아니고서야 여왕개미의 어전을 알 도리가 없었다.

흰개미 통로에 신선의 냄새를 피우면 여왕개미가 나올까? 그게 아니면… 일개미들의 식욕을 떨어뜨려서 나무를 갉아먹는 일에 무관심하게 만들면 여왕개미의 식탁도 부실해질까?

개미는 향에 민감하다. 낯선 향이 들어오면 통로를 막을 수 있었다. 그러나 육천기는 나쁜 향이 아니다. 개미가 막지 않을 가능성이 높았다.

그것도 아니면…….

개미 유인제의 원리처럼 먹이를 동기상한수에 재운 후 순류수를 씌워 효과가 느리게 나타나게 하면……?

다시 육천기 향을 피워보았다. 개미들이 모여들었다. 그들이 싫어하는 향은 아닌 것 같았다. 하긴 개미도 생물. 동서남북의 정기를 모은 향이 싫을 리 없었다. 육천기에 충분히 노출한 다음에 꿀 묻은 고기 한 점을 넣어주었다. 먹거리에 대한 식탐은 확연히 줄어들었다.

'좋아.'

단서를 잡은 민규가 내실로 향했다. 독성물질 히드라메틸론보다야 개미들에게 더 친화적일 초자연수들이었다.

"흠흠……."

표여중이 육천기의 향을 시향했다.

"냄새가 신산한 게 좋은데요? 기분이 확 업되는 느낌입니다."

그의 평가도 좋았다.

"개미들에게 실험을 했는데 꺼리지 않았습니다. 그래서 박사님께 확인하는 겁니다."

민규가 답했다.

"그 향으로 여왕개미를 불러내는 겁니까?"

백 국장이 물었다.

"이건 특별한 약수인데 냄새를 맡으면 허기가 잘 지지 않습니다. 즉, 먹고 싶은 생각이 사라진다는 거죠."

"식욕이 사라진다?"

"이 물은 순수한 자연의 물입니다. 향을 오래 피워도 목재에 해가 되지는 않을 것 같은데 박사님 생각은 어떠신지요?"

민규가 표여중을 바라보았다.

"뭐 순수한 물이라면 그 말이 맞습니다."

"두 번째 역시 약수의 일종인데… 물도 잘못 다루면 병이 되는 것이 있습니다. 그러니까 살충제 회사의 히드라메틸론 원리에 입각해 약수로 먹이를 만들고 그 먹이를 일개미들 편에 여왕개미에게 전달하면 가능성이 있을 것 같습니다만……."

"요리로 그게 가능합니까?"

"해봐야죠. 이렇게 많은 분들이 오셨고 소중한 문화재들이 주저앉을 판이라니……."

"가능하군요?"

"최소한 히드라메틸론을 쓴 물질보다는 나을 것 같습니다. 제가 만들 개미요리는 그저 자연의 일부니까 시간 차 작용이 관건일 것 같습니다. 일종의 잠복기라고 할까요?"

"그런 요리가 가능합니까?"

"해보겠습니다."

"오오……."

민규 말을 들은 표여중이 고무되었다.

"일단 가까운 경복궁의 강녕전 기둥부터 시도해 볼까 싶은데 죄송하지만 제가 유용한 시간에 시도해 볼 수 있도록 조치를 해주시면 고맙겠습니다."

"이 차관님. 현장에 나가 있는 직원들에게 단단히 일러놓으세요. 이 셰프께서 오시면 24시간 중 어느 때라도 편의를 봐드리라고."

장관의 지엄한 부령이 떨어졌다.

"현장에 나오실 때면 언제든 연락하십시오. 바로 달려가겠습니다."

표여중의 눈에도 기대감이 차올랐다.

"한꺼번에 두 가지 부담을 드렸네요. 그래도 잘 부탁드립니다."

인사를 남긴 장관 팀, 그길로 자리에서 일어섰다.

*　　　*　　　*

"억? 심사?"

저녁 영업시간 종료 후, 차만술을 찾았다. 민속전 한 접시를 차려낸 차만술이 기겁을 했다.

"나보고 문화부 궁중요리 대회 심사를 맡아달라고?"

"그렇습니다."

"말도 안 돼. 내가 무슨 주제로?"

"약선요리 전문가시잖아요?"

"이 셰프, 그거야 반은 구라에……."

"절반만 진짜라고 해도 대단한 겁니다. 그에 못 미치는 사람도 허다하니까요."

"안 돼. 난 자격 없어. 더구나 이 셰프 추천 몫이라니… 내가 이 셰프 개망신시킬 일 있어?"

차만술이 선을 그었다. 그의 환골탈태는 제대로였다.

"그럼 저도 포기할 겁니다."

"이 셰프, 왜 이래? 위원장까지 주어졌다며?"

"그러니까 부탁드리지 않습니까? 제가 짬밥이 되어서 위원

여왕개미를 위한 수라상 273

장입니까? 제일 어린 나이에… 사장님 같은 우군이 한 분 계
셔야 저도 비빌 언덕이 있지요."

"이 셰프……"

"사장님은 자격 있습니다. 이 민속전이 증거입니다. 대한민
국에 이만한 전 전문가 없습니다."

"그것도 다 이 셰프 덕분에……"

"누구 덕분이 어디 있습니까? 다 그만한 소양과 능력이 있
으니 남들의 의견을 내 것으로 만든 거지요."

"……"

"가시는 겁니다? 하루 문을 닫아야 할 테니 죄송하기는 하
지만……"

"그게 무슨 대수야? 그렇게 영광스러운 자리라면……"

"가시는 거죠?"

"아, 진짜 우리 이 셰프… 순길 씨, 여기 약막걸리 한 통 주
세요."

차만술이 주방을 향해 소리쳤다. 함께 일하는 아줌마가 막
걸리 한 통을 내려놓았다. 산수유 냄새가 아련한 술이었다.

"맛 좀 볼래? 산수유를 중심으로 몇 가지 약재를 넣어서 만
든 건데? 인기 괜찮아."

"한 잔만 받겠습니다."

민규가 잔을 들었다. 술보다는 맛이 궁금했다.

꼴꼴!

막걸리 병이 숨통을 트듯 막걸리를 밀어냈다. 달달하면서도 은은한 향이 좋았다.

"버섯도 넣으셨군요?"

"역시 귀신이군. 말린 표고하고 두어 가지 넣었어."

"맛이 부드럽습니다. 산수유의 상큼함에 버섯의 부드러움, 솔 내음도 조금 나고… 진짜 기막힌 매칭인데요?"

"그래? 재료 좀 볼 테야? 순길 씨."

다시 아줌마가 호명되었다. 그녀가 가져온 건 약막걸리의 재료들이었다.

"이 셰프 앞에서 할 말은 아니지만 '복분자주', '지네주' 이런 것처럼 너무 직설적인 재료들은 사람들이 거부감을 갖더라고. 옛날처럼 '정력' 앞세우면 오히려 작살이야. 요즘은 그저 은은한 암시 정도? 거기에 차별화된 맛… 그런 것을 찾다 보니 매칭이 맞았는데 들어간 재료도 간단해."

차만술이 웃었다. 도를 찾아 헤매다 그 도에 닿은 선인의 미소였다.

"산수유에 버섯들… 솔방울이나 솔잎은 안 넣었는데 이 버섯들 중에 소나무 버섯이 있었던 모양… 어?"

재료를 보여주던 차만술이 화들짝 미간을 좁혔다. 버섯 때문이었다. 버섯 중에 두 개가 녹았다. 그중 한 버섯에 개미가 새까맣게 꼬여 있다가 차만술이 건드리자 사방으로 산개한 것이다.

"아, 그새 녹았네. 하여간 이놈의 개미들은 어떻게 냄새를 맡고……."

"잠깐만요."

버섯을 집어 든 차만술을 민규가 막았다. 차만술의 버섯을 건네받아 접시 위에 두었다. 개미들은 미친 듯이 흩어지고 있었다. 그런데… 녹은 두 개의 버섯이 다 그런 건 아니었다. 비슷하게 녹았음에도 한 버섯에만 개미들이 압도적으로 꼬였다.

"이 셰프……."

"쉿!"

민규는 계속 집중했다. 버섯에 꼬인 개미 떼. 처음 보는 건 아니었다. 요리를 하다 보면 종종 보게 된다. 개미들은 엄청나다. 어제까지 보이지 않지만, 오늘 저녁 떨어뜨린 음식물을 보고 밤새 몰려든다. 어떨 때는 음식물이 아니라 개미 덩어리로 보일 정도로 까맣게 붙는 경우도 있었다.

"면목 없네. 그게 아무리 보관을 잘해도 딱 하나 문제가 생기면… 게다가 여기에 숲과 언덕이 있어서 개미가……."

"아닙니다. 실은 제가 개미 공부 중이거든요."

"개미?"

"조금 전에 문화부에서 장관님과 차관님이 다녀갔다고 했잖아요?"

"그랬지."

"청년 요리 대회 건도 건이지만 개미도 부탁하고 가셨어요."

"……?"

"개미가 버섯 좋아하는 걸 잊었네요. 그러고 보니 버섯이야말로 개미에게 특식일 수 있겠는데요?"

민규는 핸드폰 검색을 하고 있었다. 종규가 없으니 알아서 검색을 했다. 거기 올라온 결과 하나가 흥미로웠다.

셀룰로스.

흰개미의 주식이다. 초식동물은 셀룰로스를 분해한다. 버섯도 셀룰로스를 분해한다. 더 재미난 사실은 버섯을 재배하는 개미도 있다는 사실. 가위 개미 종류는 그들 스스로 버섯 농장을 가꾸고 있었다.

버섯과 흰개미…….

자연스레 매칭이 되었다. 흰개미가 목재를 차지했다. 안에서부터 소리 없이 갉아 먹는다. 개미 안에서 셀룰로스는 달콤한 올리고당이나 글루코스가 된다.

"맛 좋다."

개미들이 합창을 한다.

버섯도 그렇다. 죽은 나무에 버섯이 붙어 있다. 할 일 없이 붙어 있는 게 아니다. 거기서 셀룰로스를 짭짭하고 계시다. 그렇기에 버섯들, 참나무에 붙은 건 참나무 냄새가 나고 뽕나무에 붙은 건 뽕나무 냄새가 난다.

"맛있다."

버섯들도 나무를 먹는다.

세월이 가면 목재도 나무도 분해가 되어버린다. 숲에 버섯이 없다면? 죽은 나무의 분해는 그만큼 느려질 일이었다.

"죄송합니다. 개미들이 다 튀었네요."

생각을 마친 민규가 개미 수습에 나섰다.

"무슨 소리야? 개미 부탁은 또 뭐고? 혹시 그 외국에서 왔다는 살인 불개미?"

"그건 아니고요. 주요 문화재 목재 기둥에 흰개미들이 꼬였다네요. 여왕개미를 없앨 요리가 좀 있겠냐며 말을 꺼내더라고요."

"그런 건 살충제로 하면 되지 않나? 요즘 방역 회사들 엄청 많던데……."

"방법이 없는 건 아니지만 고궁이나 역사적인 사찰들이다 보니까요. 가능하면 기둥에 대미지를 주지 않고, 혹은 조용히 해결할 방법을 찾는 모양입니다."

"그래도 제대로 찾아왔군. 여왕개미 모시는 요리라면 이 셰프뿐이지. 다른 누가 그런 요리를 꿈꿀 수 있겠어?"

"아무튼 궁중요리 대회 심사는 수락하신 겁니다."

"아, 몰라. 난 그냥 이 셰프 믿고 앉아만 있을게."

"고맙습니다."

"고마운 건 나지. 이 셰프 주변에는 능력자들이 바글거리던데 이렇게까지 챙겨주니……."

"왜 그러세요? 사장님도 알고 보면 제 스승의 한 사람이라고요."

"내가? 내가 무슨 주제로?"

"전에 제가 사장님 밑에 있을 때 잔소리 많이 하셨잖아요? 그것도 제게는 소중한 자산이거든요."

"이 셰프……."

"막걸리 고마웠습니다. 이 버섯도요. 이건 제가 가져가도 되죠?"

민규가 개미들이 꼬였던 버섯을 들어 보였다.

"그거야 당연하지. 조심해서 내려가."

차만술이 민규를 배웅했다.

"초빛 사장님이시죠?"

주방 아줌마가 다가왔다.

"맞아요. 내가 제일 존경하는 친구입니다."

"사람이 시원하게 생겼네요."

"마음은 더 시원하지요. 인품도 그렇고……."

차만술, 남은 잔의 막걸리를 마저 들이켰다.

캬하!

저절로 나오는 소리가 좋았다.

문화부 궁중요리 대회 심사 위원.

생각만으로도 가슴이 뿌듯해졌다. 동시에 책임감이 확 달려들었다. 아까 민규가 언급한 거물들… 궁중요리와 약선요리의 대가들이었다. 그들 사이에서 심사를 하려면 아는 게 많아야 했다. 정신이 번쩍 든 차만술, 내실 장식장 서랍에서 요리

서적을 꺼내 들었다. 그걸 펼치자 개미 한 마리가 기어 나왔다. 개미를 잡아 들고 민규 생각을 했다.

'여왕개미를 위한 테이블.'

민규는 과연 여왕개미를 위한 만찬까지도 성공해 낼까?

늘 차만술을 바른 쪽으로 닦아세우는 민규. 흐뭇함 속에서 책이 넘어갔다.

여왕개미를 위한 만찬.

민규도 거기 골똘하고 있었다. 특별한 미션을 앞에 두니 여러 생각이 떠올랐다. 우선은 중국의 자금성이었다. 숙수복을 차려입은 민규가 자금성 앞에서 요리를 만든다. 여왕은 저 깊고 깊은 성 안쪽에 있다. 각 문마다 감시의 시선이 팽팽하다. 일개미들의 의심을 넘어야 했고, 여왕의 식사를 맡고 있는 시녀 개미들의 의심도 피해야 했다. 황제의 용선을 점검하는 시선(侍膳) 태감들의 눈보다 무서운 점검 체계였다.

고려의 왕들은 어땠을까? 그 기억은 권필에게 많았다. 격변하던 고려시대의 왕실, 당연히 불손한 무리가 있었다. 그들 중의 일부가 왕의 숙수를 포섭했다.

"성공하면 네 팔자가 바뀔 것이다."

숙수 앞에 황금 한 덩어리가 주어졌다. 권필이 왕궁에 오기 전에 일어난 일이었다. 숙수는 시식을 맡은 기미 상궁을 꼬드겼다. 그리고 의뢰자가 제공한 중국의 금빛 패물을 건네며 딜을 했다. 그러나 그 상궁, 모질지 못한 탓에 독을 검사하는 과정에서 손을 떨었다. 왕이 눈치를 차렸다. 모의가 수포로 돌아가는 순간이었다. 상궁과 숙수는 당연히 형장의 이슬로 사라졌다.

약선요리.

이 경우에는 사약선(賜藥膳)요리가 되었다. 표여중이 보내준 흰개미의 여왕개미 사진과 동영상을 펼쳤다.

'쩝……'

입맛은 매우 썼다. 그건 정말이지 영화 속 에일리언의 한 장면이었다. 개미라고는 절대 생각할 수 없는 여왕개미의 비대한 자태. 여왕의 몸은 그냥 알 낳는 공장이었으니 배가 곧 몸이라고 할 정도였다.

먹고 낳고, 먹고 낳고.

여왕이 하는 일은 그뿐이었다.

"여왕개미는 여러 해를 삽니다. 잘하면 10년 이상이고 최장수를 한다면 인간처럼 100년도 가능하지요."

표여중 박사의 설명이 이어졌다.

100년.

어마어마하다.

더 어마어마한 건 알의 개수였다.

"보통 수천 개의 알을 낳지만 100년을 산다면 수십억 개의 알을 낳을 수도 있습니다."

수십 억.

표여중의 설명에 다시 한번 질려 버리는 민규였다.

동영상은 흰개미가 많은 나라의 환경을 보여줬다. 그들이 쌓은 거대한 탑들이 보였다. 개미 성이라고 보기에는 너무나 웅장했다.

"이런 곳에서는 여왕개미가 아주 흔합니다. 그래서 여왕개미를 주워다 먹기도 하지요. 그쪽 사람들 말에 따르면 여왕개미 구이요리가 굉장히 맛이 좋다고 합니다. 영양도 풍부하고요."

표여중의 설명이 이어졌다. 그 말에는 공감이었다. 간단히 생각하면 곤충이다. 단백질 덩어리가 아닐 수 없었다.

"흰개미는 이름과 달리 개미들과 원수 관계입니다. 그 속성을 이용해 불개미를 이용하는 퇴치법도 나오고 있지요. 흰개미가 구멍을 막아버리면 별 효과는 없습니다만."

표여중의 목소리를 흘리며 테이블 구상에 들어갔다.

—신성수: 반천하수+마비탕+정화수.

—해악수: 동기상한+취탕.

민규가 실험했던 물의 배합들이었다. 최상의 신성과 최악의 결과를 낼 수 있는 조합은 민규 머리에 선명했다. 신성수와 해악수의 역순 배합. 그 물은 인간조차 배를 잡고 뒹굴게 만든다. 종기나 종양을 일으키는 동기상한에, 생기를 없애고 곰팡이를 피워 올리는 취탕의 극한이었다.

이 물을 생각한 건 표여중의 정보 때문이었다. 흰개미는 곰

팡이와 응애 등에 약하다. 그렇다면 곰팡이의 일종인 버짐을
퍼뜨리는 취탕이 저격용으로 옳았다.

닭 뼈에서 살을 발라내 신성수와 해악수의 역순 배합수에
재웠다. 얼마 후에 꺼내 요수 코팅을 했다. 그걸로 흰개미 실
험을 했다. 한쪽 군은 육천기 향을 쏘이고 다른 대조군은 아
무런 조치 없이 샘플요리를 제공했다.

육천기 향을 쏘인 개미들은 먹이를 먹지 않았다. 맛난 냄새
에 옮기는 데만 열중. 하지만 육천기를 쐬지 않은 흰개미들은
닭 뼈의 살을 배불리 먹었다. 그리고 일정 시간이 지난 후에
전사했다.

샘플요리는 먹혔다.

남은 건 실전이었다.

에일리언 영화의 괴물 퀸 에일리언과 같은 흰개미의 여왕개
미. 여왕 폐하를 위한 특별식의 준비를 마치는 민규였다.

출격 준비 끝.

'그래 봤자 개미지.'

생각이 정리되니 의욕이 타올랐다. 이때까지의 민규 마음
은 그랬다.

9. 나무 먹는 버섯, 나무 먹는 개미

"이 셰프님, 여깁니다."

다음 날, 경회루 앞의 표여중이 손을 흔들었다. 그는 간소한 복장이었다.

"조금 늦었습니다."

민규가 인사를 했다. 점심 러시아워를 끝내기 무섭게 달려온 민규였다. 저녁 예약까지 약 3시간이 남았으니 빠듯하게 다녀가야 했다.

"가실까요?"

표여중이 앞장을 섰다. 그도 민규가 바쁜 걸 알고 있었다. 강녕전 앞에는 문화부 직원들이 나와 있었다.

"이분이 이민규 셰프십니다."

표여정이 민규를 소개했다. 인사를 한 직원들이 문을 열어주었다. 강녕전, 일반인의 출입은 금지였다.

"……!"

벽에 펼쳐진 웅장한 일월오봉도를 보자 민규 숨이 잦아들었다. 권필의 기억이 피어난 것이다.

내 병을 떨칠 약선요리를 가져오거라.

어젯밤 네 요리 덕분에 편안한 잠을 잤구나.

네 요리가 의원보다 낫구나.

네 요리…….

네 요리…….

왕들의 목소리가 어지럽게 울렸다. 권필이 살았던 고려의 왕궁은 아니지만 왕들의 목소리는 쩌렁쩌렁 기둥을 흔들었다.

"이 기둥입니다."

표여중이 중심을 이룬 두 기둥의 하나를 가리켰다. 민규 몸 하나는 간단하게 가려줄 웅장함이었다.

"여기가 출입구입니다. 시작은 땅에서 한 것 같은데 그예 길을 내고 말았죠."

그 손이 작은 틈새를 가리켰다. 흰개미는 보이지 않았다.

"소나무 중에서도 적송입니다."

소나무…….

표여중의 설명을 들으며 상자를 열었다. 오기 전에 마련한 여왕개미의 만찬이었다. 왕을 위한 만찬이지만 포스는 표시 나지 않았다. 테이블 정성이 중요한 게 아니라 요리의 내용이 중요하기 때문이었다.

"개미들이 좋아하는 닭 뼈의 살을 발라내 꿀과 버무려 약수 처리를 했습니다. 이름하여 약선계륵꿀만두지요."

민규가 작은 알갱이처럼 보이는 요리를 꺼내놓았다. 잣보다 조금 크지만 엄연한 만두였다. 그 가운데에는 소도 있었다. 저격용 약수에 재운 살이었다. 특수 처리(?)를 한 깨알만 한 소를 박고 만두피처럼 닭살을 둘렀다. 거기에 단 대추가루를 꿀과 요수에 개어 입혀놓았으니 만두임에 틀림이 없었다.

―약선계륵꿀만두.

"이름도 멋지군요."

표여중이 웃었다.

개미굴에서 가까운 곳에 유인용 먹이를 놓았다. 그런 다음 육천기의 향을 피워냈다. 표여중은 보고만 있었다. 민규의 위상을 알기에 감 놔라 콩 놔라 의견을 내지 않았다.

얼마나 지났을까?

흰개미 한 마리가 삐쭉 고개를 내밀었다. 그러나 의심이 많았다. 더듬이를 움직여 상황을 파악하더니 나오지 않고 안으로 들어가 버렸다.

'해보자는 거지?'

민규는 양반다리를 하고 퍼질러 앉았다. 조바심을 낸다고 될 일이 아니라는 것. 모를 민규가 아니었다. 육천기 향의 방향만 살짝 바꿔주었다. 다시 흰개미 머리가 보였다. 이번에는 나왔다. 기둥을 타고 내려온 선발대 흰개미가 마침내, 유인용 먹이에 도착했다.

분주했다.

여러 가지 행동으로 먹이 탐지에 나선다. 그 뒤로 두 마리, 세 마리 등의 후발대가 내려왔다. 하지만 관심만 보일 뿐, 닭살을 운반하지는 않았다. 식욕을 당기는 요수가 처리된 요리. 육천기의 향을 맡아 식욕이 떨어졌다고 해도 맛은 볼 수 있었다. 그럼에도 흥미를 보이지 않는 건?

육천기 향의 강도를 낮추었다. 그리고 다양한 유인 재료를 함께 꺼내놓았다.

꿀.

생선 내장.

단맛 나는 과자.

입으로 빨다 만 사탕.

당도가 높은 사과의 뼈다귀.

후발대로 십여 마리가 나왔지만 대충 간만 볼 뿐 필사적이지는 않았다. 육천기의 향을 아예 치워 버렸다. 개미의 호기심이 늘어났다. 하지만 그 또한 '조금 더'의 수준에 불과했다.

"경계심 때문일까요? 생각처럼 반응하지 않는군요."

민규가 혼잣말처럼 중얼거렸다.

"셰프님 요리에도 반응하지 않는다면 이 적송 맛에 빠진 걸까요?"

"그럴 수도 있겠네요. 사람도 어떤 요리에 한번 빠지면 한동안 마니아가 되어 심취하니까요."

"그럼 더 큰일이군요."

표여중의 눈빛이 더 어두워졌다.

"오늘 시도는 여기까지 하겠습니다. 다른 방법을 찾아봐야겠네요."

"그렇게 해주십시오."

"아, 여기 상황을 제가 화면으로 볼 수도 있다고 하셨죠?"

"예. 카메라를 달아놨거든요."

표여중이 기둥을 가리켰다. 카메라가 보였다.

"그럼……."

민규, 가져온 식재료들을 다 내려놓았다. 어떤 것에 반응하는지 볼 참이었다.

'응?'

대추까지 꺼내던 민규가 흠칫 시선을 들었다. 버섯 때문이었다. 차만술의 집에서 가져온 버섯 두 개. 그 녹은 버섯이 상자에 든 게 아닌가?

'아······.'

생각이 났다. 개미요리를 궁리하던 민규, 테이블에 준비한 재료를 담아달라고 종규에게 시켰었다. 버섯은 테이블 구석에 따로 있었다. 사연을 모르는 종규가 함께 담아버린 모양이었다.

'기왕 가져온 거니······.'

두 버섯도 같이 내려놓았다.

저녁 요리의 마지막은 박세가 일행이 장식했다.

박세가, 변재순, 진우재, 권병규.

여기에 민규까지 더하니 다섯이었지만 사실은 아홉이었다. 위의 네 전문가들이 추천하는 네 명이 합류한 것이다. 민규 역시 차만술을 불렀다. 이로써 문화부 궁중요리 대회 심사 위원단의 구성이 끝났다.

"약선요리 배우는 차만술입니다."

차만술은 겸손하게 자기소개를 했다. 그도 그럴 것이 박세가를 비롯한 전문가들의 위상이 높았다. 차만술의 내공으로는 어깨를 겨룰 수 없는 그릇들이었다.

여기서 민규가 위원장이 된 비하인드 스토리가 나왔다. 배후는 영부인이었다. 전통문화. 닥치고 아름다운 건 아니지만 살려야 할 것도 있었다. 그녀에게는 궁중요리와 약선요리, 사찰요리 등이 거기 속했다. 뒤돌아볼 여유도 없이 직진하는 현대인들. 그 바쁜 일상에 푸근한 요리로 여운을 주고 싶었다. 게다가 위의 요리들은 칼로리 범벅인 현대요리에 비해 건강식에 속하는 게 많았다. 그래서 뜻이 통하는 문화체육부 장관에게 슬쩍 귀띔을 했던 것.

그녀는 내심 민규를 앞줄에 세우고 싶었다. 다른 의도는 없었다. 실력과 인품 때문이었다. 이제 나이나 관록만으로 대접받던 시대는 갔다. 그걸 반복하면 경쟁력도 미래도 어두웠다. 그렇다면 이론의 여지가 없었다.

"위원장으로 이 셰프가 어때요?"

그렇게 말하면 압력이 될 판이었다.

적폐!

무섭다.

더 무서운 건 정권이 바뀌면 그 전의 정권이 적폐로 몰릴 수 있다는 거였다. 그걸 아는 영부인이기에 분위기 조성만 할 뿐이었다.

"박세가 선생에게 의견을 들어보세요."

영부인은 살짝 돌아갔다. 궁중요리에 있어 박세가를 제칠 수는 없었다. 이제는 많은 현직에서 물러났다지만 얼마 전까지만 해도 대한민국 궁중요리의 산증인이자 고증가였던 것. 그러나 영부인은 그가 얼마나 민규를 신뢰하고 있는지 알고 있었다. 박세가와의 친분 때문이었다.

민규로 하여 대오각성한 박세가.

당연히 민규를 밀었다. 그 의견을 앞세워 변재순의 의견을 들었다.

"박세가 선생님은 이민규 셰프를 밀던데 선생님 의견은 어떠세요?"

감투에 관심이 없는 변재순이기에 이의를 제기하지 않았다.

궁중요리의 쌍벽 박세가와 변재순이 인정한 위원장. 진우재와 권병규가 엎을 수는 없었다. 더구나 진우재 또한 이민규의 그릇과 기개를 높게 평가하고 있었다.

'영부인······.'

민규가 날숨을 쉬었다. 과연 국모는 아무나 하는 게 아닌 모양이었다.

"이번 기회가 중요합니다. 나라에서 우리 것을 살릴 기회를 주었어요. 나는 이제 핫바지 셰프라서 능력도 욕심도 없습니다. 그러니 여러분이 우리 이 셰프를 도와서 궁중요리 축제 한번 제대로 살려보세요."

박세가가 의견을 피력했다.

"제가 보기엔 이번 이벤트, 제대로 성공할 것 같습니다."

진우재가 그 말을 받았다.

"어째서 말입니까?"

권병규가 물었다.

"솔직히 초장 분위기부터 제대로 가지 않습니까? 박 선생님과 변 선생님이 계시지만 두 분이 양보해 젊은 위원장이 앞장서니 생동감이 넘칩니다. 그렇다고 국민들이 두 분 선생님을 무시하겠습니까? 용기 있는 결단이라고 박수 나올 겁니다. 분위기가 이렇게 조화로운데 어떻게 제대로 되지 않겠습니까?"

"허헛, 양보가 아니라 실력이라오. 지난번에 내가 방송에서 속수무책으로 깨지는 거 못 봤어요? 국민들 눈이 시퍼런데 나이로 밀어붙이면? 안 될 말이지요."

박세가가 웃었다.

"어쨌든 이 셰프님, 이번 이벤트도 방송에서 보여주신 기개로 잘 이끌어주시기 바랍니다. 작은 힘이나마 최선을 다해 돕겠습니다."

진우재가 분위기를 띄웠다.

"그렇게 무거운 짐을 지워주시니 이벤트의 요리 화제는 여러분이 정해주시기 바랍니다."

"예? 우리보고 정하라고요?"

"방금 최선을 다해 돕는다고 하시지 않았습니까?"

"아, 그 말은……."

"하하핫, 우리 진 선생이 꼼짝없이 걸렸군. 말 나온 김에 진우재 선생에게 화제를 넘기면 어떻겠습니까? 이분이 고증의 면도날이라서 우리 모두 나서서 중구난방 혼선을 빚는 것보다 백배는 나을 겁니다."

듣고 있던 박세가가 의견을 냈다.

"선생님, 요리 주제는 두 선생님이 맡아주셔야……."

"허어, 왜 이러십니까? 우리 궁중요리 바탕이 잘못되었다고 칼 들이댈 때는 언제고… 내 솔직한 의견인데 주제는 진 선생이 맡아주세요. 여러분, 내 의견에 이의 있는 사람 있습니까?"

박세가가 사람들을 바라보았다. 박세가가 궁중요리 판을 장악하고 있을 때 야인으로서의 옳은 소리를 많이 한 사람. 그런 진우재를 인정하고 나서는 박세가였다.

"없습니다. 저희는 심사만 열심히 하겠습니다."

나머지 사람들이 의견 일치를 보았다.

"이렇게 되면 이 축제를 내가 망칠 판인데……."

진우재가 울상을 지었다. 주제 선정은 그렇게 그의 몫이 되었다.

"자, 그럼 저는 요리를 준비하겠습니다."

민규가 돌아섰다. 준비된 요리는 궁중팥물밥과 궁중모로계잡탕, 약선계피유자병, 약선죽순버섯조림, 해바라기씨경단, 밤경단, 약선냉이해물파전, 궁중삼색화전, 궁중오미자화채의 차림이었다.

"이야."

요리가 차려지자 일동이 탄성을 질렀다. 나름 궁중요리의 대가이거나 전문가인 사람들. 그들조차 압도하는 포스였다.

"많이들 드십시오. 이 식사비까지는 장관님이 내주신다니 제게 고마울 필요도 없습니다."

민규가 선수를 쳤다. 식비를 받기로 한 건 사실이지만 그보다는 먹는 사람들의 부담을 덜어줄 생각이었다.

"어이쿠, 이거 이 셰프님이 주제의 아이디어를 막 주는군요. 이대로 요리 주제를 삼아도 되겠는데요?"

진우재가 너스레를 떨었다.

차만술이 약주 몇 통을 더해주니 분위기는 한결 좋아졌다. 그의 약주는 즉석에서 '약선주'의 반열로 평가되었다. 반은 농담이지만 반은 진담. 하늘 같던 전문가들에게 인정을 받으니 차만술의 사기는 상한가를 치고도 남았다.

"그럼 요리 대회장에서 뵙시다."

박세가가 일어섰다. 민규가 바쁜 걸 알기에 엉덩이를 오래 붙이지 않았다. 다른 사람들도 그 뒤를 이었다.

배웅을 하고 들어오니 종규가 다가왔다.

"형, 진짜 이 요리들 중에서 문제가 나오는 거야?"

종규가 물었다. 재희도 궁금한 눈치다.

"잔머리 굴리지 말고 실력으로. 알았어?"

민규가 선을 그었다. 정보를 활용하는 건 조리자격증 정도로 끝나야 한다. 이벤트 요리 대회, 실력이 아니고 요령으로 입상해서 무엇 할 것인가? 민규는 종규와 재희가 그런 길로 가기를 원치 않았다.

"어우, 조크였거든요? 정색하는 것 좀 보라지."

종규가 볼멘소리를 내며 돌아섰다.

반응이 심했나?

하지만 어쩔 수 없었다. 조금 미안한 생각도 들기에 분위기도 돌릴 겸 노트북을 켰다.

시간이 많이 흘렀다. 경복궁의 흰개미들은 어떻게 되었을까? 궁금한 마음에 동영상 프로그램을 열었다. 화면에 유인먹이들이 나왔다.

약선계륵꿀만두…….

신통치 않았다. 생선과 빨다 뱉은 사탕, 사과의 뼈 등도 신통치 않았다. 흰개미가 몇 마리 보이지만 기대할 수준은 아니었다.

'젠장, 이렇게 되면 어려워지는데?'

실망감으로 고개가 기울던 민규, 다음 화면에서 시선이 멈췄다. 버섯이었다. 차만술에서 가져왔던 그 두 개의 버섯. 그걸 본 민규, 두근두근, 심장이 멋대로 뛰었다.

'이거…….'

뜻밖의 광경에 숨소리도 제대로 나지 않았다.

"차 사장님! 차 사장님!"

어둠 속에 민규 목소리가 울려 퍼졌다.

"이 셰프?"

홍얼거리며 올라가던 차만술이 걸음을 멈췄다. 민규가 달려와 호흡을 골랐다. 사실 달려올 필요까지는 없었다. 하지만 차만술이 전화를 받지 않으니 도리가 없었다.

"아, 아까 어려운 자리라서 무음으로 해놓고 그만……."

차만술이 미안한 표정을 지었다.

"괜찮습니다."

"그나저나 왜?"

"그거 말입니다. 버섯……."

"버섯?"

"그 개미 꼬였던 버섯 말이에요. 곰곰 생각해 보니 소나무 풍선버섯이더라고요."

"그게 왜?"

"그거 좀 남았어요?"

"아니? 약주 재료로 다 털어 넣었는데?"

"……."

"그게 뭐 잘못됐어?"

"그건 아니고요 흰개미 잡는 데 필요해서요."

"그럼 다시 신청해 줘?"

"예, 대신 그것과 꼭 같은… 적송에서 자란 버섯… 적당히 상하면 더 좋고요."

"상하면 더 좋아?"

"개미들이 좋아하잖아요?"

"알았어. 뭐가 뭔지 모르지만……."

"지금 좀 부탁해요. 특급으로 보내달라고."

"오케이."

차만술이 번호를 눌렀다.

*   *   *

바앙!

민규의 차는 도로 위에 있었다. 운전대는 종규가 잡았다. 조수석의 민규는 자료를 보고 있었다.

[흰개미의 주식]

목질.

나무가 밥이었다. 푸근한 쌀밥 이상인 모양이었다.

흰개미는 공생관계에 있다. 목질을 스스로 분해하지 못하기에 장내에 영구 셋방을 놓았다. 그 안에 트리코님파라는 미생물이 세입자로 들어와 있다. 세입자는 방세 대신 셀룰로스를 분해한다. 그 당분은 흰개미와 트리코님파가 사이좋게 나눠 갖는다.

버섯도 셀룰로스를 분해하는 능력자다. 흰개미와 버섯의 군락에 있는 죽은 나무는 결국 초토화된다. 한 줌의 먼지로 사라지는 것이다. 둘은 그렇게 닮은 꼴이 있었다.

하지만!

흰개미가 목질만 먹는 건 아니었다. 그건 개미 박사 표여중이 증명해 주었다. 대한민국은 물론이오, 세계 곤충 학회에서도 유명한 사람이니 틀릴 리도 없었다.

요리라면!

흰개미는 민규의 특식을 먹어야 했다. 약선계륵꿀만두.

매일 먹는 요리는 지긋지긋하다. 개미도 다를 바 없다고 생각했다. 그러나 민규의 기대는 충족되지 않았다. 흰개미들은 무슨 이유에서인지 계륵꿀만두보다 살짝 맛이 간 버섯에 관심을 가지고 있었다.

"어, 관람 시간 끝났는데요?"

경복궁 직원이 출입을 막았다.

"저 이민규라고 약선요리사인데요, 강녕전에 볼일이 있습니다."

"아! 이민규 셰프님."

직원은 다행히 민규를 알아보았다. 명령이 제대로 하달된 모양이었다.

"들어가세요."

직원이 강녕전 문을 열어주었다. 낮에 보았던 문화부 직원들은 퇴근하고 없었다. 안은 완전한 어둠에 잠겨 있지 않았다. 카메라의 조명이 직원 대신 밤샘 근무(?)를 하고 있었다.

"와아, 밤에 보니까 뽀대난다. 작살 위엄에 지엄한 분위기……."

종규는 궁궐 분위기에 압도되었다. 고개를 돌리니 소박한 꽃살무늬 장식들이 보였다. 아슴푸레 조명을 받은 꽃살문양은 종규의 마음을 끌었다.

'이걸 데커레이션에 쓰면…….'

종규가 혼자 중얼거렸다.

민규는 조심조심 기둥으로 다가섰다. 민규가 놓아둔 요리와 식재료가 보였다. 버섯의 크기는 조금 줄어 있었다. 흰개미도 보였다. 다른 곳은 여전히 소강상태. 그러나 버섯 쪽에는 투명한 흰개미들이 제법 꼬여 있었다.

"형!"

"쉿!"

손가락으로 종규에게 주의를 주었다. 종규는 숨을 멈췄다. 핸드폰의 손전등을 켰다. 구멍을 비추었다. 흰개미들이 보였다. 민규 얼굴에 비로소 웃음이 감돌았다.

"왜?"

주의를 받은 종규가 나지막이 속삭였다.

"좋아서."

"뭐가? 여왕개미 잡았어?"

"아니, 하지만 잡을 것 같다."

"진짜?"

"쉿!"

"……."

민규의 시선이 버섯으로 향했다. 코를 낮추고 냄새를 맡았다. 적송의 냄새가 아련했다. 기둥의 냄새도 맡았다. 냄새는 거의 같은 계열이었다.

'체질이다.'

민규의 시선이 멈췄다. 그렇게 생각할 수밖에 없었다.

산해진미.

누구나 좋아하는 건 아니었다. 누군가는 그중에서 한두 가지만 즐길 수도 있었다. 그걸 맞추는 게 바로 민규의 체질 약선 아닌가? 더구나 여왕개미는 식탐에 비해 의심이 많았다.

그러니 기둥과 같은 계열인 적송에서 난 버섯 별식을 즐기는 게 이해가 되었다. 어쩌면 저 버섯에서 고향 냄새가 났을지도 모를 일이었다.

'나이스.'

자신도 모르게 주먹을 쥐었다. 정답을 엿본 기분이었다.

종규는 그림 앞에 있었다. 소박하면서도 장엄한 위용을 풍기는 일월오봉도. 그 앞에 놓인 의자는 왕의 용상이었다.

"진작탁은 임금께 술잔을 올리는 탁자, 일월병은 임금께 술을 올리는 술병, 서배는 임금에게 술을 올리는 잔, 초화문은 잎사귀 문양이고 연당초문은 연꽃과 덩굴무늬……."

종규가 혼자 중얼거렸다. 임금 앞에서 대령숙수가 되는 모양이었다. 방해가 될까 봐 가만히 두었다. 좋은 자세였다. 임금에게 바치는 정성으로 요리를 만든다면 무엇을 만들지 못할까?

"깜짝이야."

돌아보던 종규가 화들짝 놀랐다.

"마인드컨트롤 끝났냐?"

"다 본 거야?"

"왜? 보면 안 되냐?"

"쪽팔리니까 그렇지."

"공부에 쪽팔리는 게 어디 있냐? 나는 몰입하는 네 모습이 대견스럽던데……."

"가는 거야?"

종규가 돌아보았다. 유인용 요리는 깔끔하게 걷어진 상태였다.

"그래. 예고편 끝났다."

민규는 윙크로 자신감을 전해주었다.

돌아가는 길.

차만술의 문자를 받았다. 버섯 택배가 내일 오전 중으로 온다는 전갈이었다. 답문을 보낼 때 엉뚱한 전화 한 통이 들어왔다.

—이 셰프님?

전화에서 나온 발음은 영어였다. 그러나 일본어 억양이 또렷했다.

'치아키?'

블라디보스토크에서 만난 일본 셰프가 떠올랐다. 그녀가 맞았다.

"웬일이시죠?"

민규가 물었다.

—저 지금 한국이에요.

'한국?'

—언제 좀 뵙고 싶은데 시간 괜찮겠어요?

"물론입니다만."

—그럼 내일 오후에 찾아갈게요.

"내일 오후는……."

뭐라고 말하려는 사이에 전화가 끊겼다. 괜찮다고 했으니 군말을 달 수도 없었다.

"누구야?"

"응? 그게……."

그때 또 전화가 들어왔다. 이번에는 표여중이었다. 민규가 다녀간 게 보고가 된 모양이었다.

—강녕전 가셨다면서요?

"예, 좀 살펴볼 게 있어서요."

—저한테 말씀하시지 그랬습니까? 혼자 가시기 편찮았을

텐데…….

"아닙니다. 직원들이 안내를 해줘서 어렵지 않았습니다."

—네…….

"이유가 궁금해서 전화하신 거죠?"

—하핫, 들켰군요. 이게 알고 보면 굉장히 중요한 일이라서… 셰프님이 두 손을 들면 최후의 방법이라도 강구해야 하거든요.

"내일 보시죠. 아까 낮에 보았던 시간에 강녕전에서."

—셰프님…….

"자세한 건 내일 말씀드리겠지만 다른 방법을 강구하실지 말지가 결정될 것 같습니다."

통화를 끝냈다. 영감은 왔지만 장담하지 않았다.

요리란 언제나 먹는 사람들의 평가가 중요하다. 여왕개미의 경우도 다르지 않은 것이다.

부릉!

종규가 속도를 높였다. 하늘 높은 곳에 떠 있는 달은 소리도 없이 랜드로버를 따라왔다.

*　　　*　　　*

"새팥죽 여섯이오."

"타락죽 넷이에요."

"내실에 연자죽 열둘입니다."

"테이크아웃으로 잣죽 셋이에요."

아침, 주방은 다시 행복한 전장을 이루었다. 분주한 날은 이상하게도 손님이 더 많았다.

오늘이 딱 그런 날이었다. 원래 아침 예약은 죽 60여 명. 그런데 무려 20여 명이 늘었다. 오는 손님들이 절친이나 가족을 하나둘 달고 온 것이다. 그런 손님은 거절할 수도 없었다.

바쁜 와중에 웃는 사건도 생겼다.

"내실에 전복자지 두 접시요!"

분주하던 종규가 주방을 향해 외쳤다. 순간 홀의 손님들이 일제히 고개를 들었다.

단어가 아름답지 못했다. 그렇기에 주문이 들어오면 전복지라고 칭하고 있었다. 바쁜 종규가 살짝 까먹은 것이다.

전복자지.

세종대왕이 수탉의 고환을 먹듯 누군가가 전복의 거시기를 한 접시 시킨 걸까?

"전복도 그게 있나?"

"그것만 먹는 사람도 있어?"

"정력식 같은데?"

나이 지긋한 손님들이 키득키득 상상의 나래를 펼쳤다.

"전복자지는 궁중에서 즐겨 먹는 요리로 건전복을 볶아내는 요리입니다."

민규가 나서서 수습을 했다.

"그럼 우리도 한 접시 주시오."

"우리도 부탁해요. 전복자지 한 접시."

여기저기서 이구동성으로 손을 들었다. 일이 더 늘어나고 말았다.

"미안해."

종규가 고개를 숙였다.

"네가 왜? 전복자지를 전복자지라고 한 것도 죄냐?"

"그건 아니지만… 갑자기 나도 모르게……."

"절대로 괜찮거든. 그러니까 얼른 계산이나 해드려라."

민규가 카운터를 가리켰다.

전복자지.

이날 히트 좀 쳤다. 이름 때문에 호기심이 생긴 손님들. 먹어보고 그 맛에 반했다.

말린 전복이기에 감칠맛이 몇 배나 늘어난 까닭이었다. 엎친 데 덮친 격. 오전 시간에 드문 주문도 여럿 나왔다. 골탕도 그중의 하나였다.

궁중요리의 골탕은 뼈로 만든 수프가 아니었다. 신선한 소의 골을 숟가락으로 떠서 계란을 씌우고 참기름에 지진 후에 생강과 간장 등으로 양념한 육수에 끓여내는 요리.

조심하지 않으면 골의 모양을 잡기가 어려웠으니 여간 정성이 가는 게 아니었다.

또 하나는 송고마조였다. 이건 찹쌀밥에 연한 소나무껍질을 다져 만드는 유밀과였다. 이 또한 껍질 다지는 일이 장난이 아니었다.

정화수를 한 잔 마시고 즐겁게 요리에 임했다. 급하다고 바늘귀에 실을 매서 꿰맬 수 없다. 요리는 더욱 그랬다. 어느 한 과정이라도 소홀히 하면 손님들이 알았다. 아니, 그 전에 민규가 먼저 알았다. 용납될 수 없는 일이었다.

점심 손님까지 마감하고 나니 두 시에 가까웠다.

"종규야, 차 사장님이 보내준 버섯 있지? 좀 가져와라."

뒷정리는 종규와 재희, 할머니에게 맡기고 여왕개미를 위한 수라(?) 요리에 돌입했다.

상자를 열자 버섯이 나왔다. 소나무풍선버섯이다. 솔잎과 함께 잘 포장이 되었다.

민규가 요구한 버섯은 포장 옆에 처박혀 있었다. 보낸 사람은 꿈에도 모를 것이다. 그가 처박은 버섯이 이 주문의 주인공이라는 사실.

'흠흠……'

녹은 버섯의 냄새를 맡았다. 여럿 중에서 두 개를 골랐다. 기둥의 냄새와 근접한 버섯이었다.

버섯을 신성수와 해악수의 혼합물에 적셨다. 그런 다음에 자연산 꿀을 두어 방울 흘렸다. 나머지는 계륵꿀만두와 같았

다. 중첩포막의 코팅 기법으로 요수의 막을 씌우고 마감을 했
다.

여왕개미를 위한 '약선소나무풍선꿀생버섯'.

특별한 수라(?)의 완성이었다.

『밥도둑 약선요리王』13권에 계속…

이제부터 전자책은

이젠북

www.ezenbook.co.kr

⟨⟨⟨ 새로운 세계가 열린다! ⟩⟩⟩

김재한 『성운을 먹는 자』	철백 『대무사』
니콜로 『마왕의 게임』	가프 『궁극의 쉐프』
이경영 『그라니트:용들의 땅』	문용신 『절대호위』
탁목조 『일곱 번째 달의 무르무르』	천지무천 『변혁 1990』
강성곤 『메이저리거』	SOKIN 『코더 이용호』

이름만 들어도 황홀할 정도의 별들의 향연!
이들의 "유료연재"가 시작됩니다!

검색창에 **이젠북**을 쳐보세요! ▼ Q

초대형 24시 만화방

신간 100%, 샤워실, 흡연실, 수면실(침대석), 커플석, 세탁기 완비

■ 광명 광명사거리역점 ■

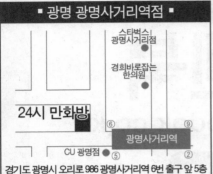

경기도 광명시 오리로 986 광명사거리역 6번 출구 앞 5층
02) 2625-9940 (솔목타워 5층)

■ 강북 노원역점 ■

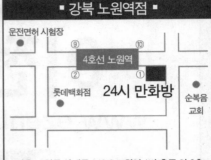

서울 노원구 상계동 340-6 노원역 1번 출구 앞 3층
02) 951-8324 (화용빌딩 3층)

■ 일산 정발산역점 ■

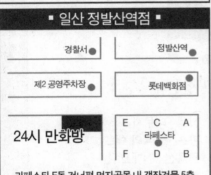

라페스타 E동 건너편 먹자골목 내 객잔건물 5층
031) 914-1957

■ 일산 화정역점 ■

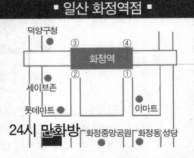

경기도 고양시 덕양구 화정동 984번지 서일빌딩 7층
031) 979-4874 (서일사우나 건물 7층)

■ 부천 역곡역점 ■

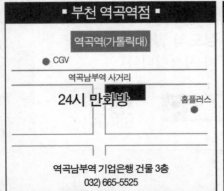

역곡남부역 기업은행 건물 3층
032) 665-5525

■ 부평역점 ■

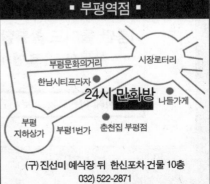

(구) 진선미 예식장 뒤 한신포차 건물 10층
032) 522-2871